Du heiratest ja sowieso

Evi Lorenz

Du heiratest ja sowieso

Bibliografische Information der Deutschen Nationalbibliothek
Die Deutsche Nationalbibliothek verzeichnet diese Publikation
in der Deutschen Nationalbibliografie; detaillierte bibliografische
Daten sind im Internet über http://dnb.d-nb.de abrufbar.

Satz, Herstellung und Verlag:
BoD - Books on Demand
ISBN 978-3-8423-9185-7

Inhalt

1. Johanna läuft davon 7

2. Das Brüderchen 23

3. Im Kino 39

4. Was wird aus Johanna? 53

5. Der einzige Lehrling 62

6. Veränderungen und Abschiede 76

7. Georges, der Grenzgänger 87

8. Die Prüfungen 103

9. Sommerferien und Herbstbeginn 114

10. Endlich weg von hier 126

1. Johanna läuft davon

Dass jener Apriltag im Jahr 1961 verregnet und trüb war, verdarb Johanna kaum ihre gute Laune. Sie mochte Regen. Für sie gab es dann nichts Schöneres, als draußen herum zu laufen, auch wenn sie dabei patschnass wurde.

»Beeilt euch, Kinder«, rief Johannas Mutter vom Wohnzimmer her.

Johanna schloss das Fenster und griff nach der spärlich gefüllten Schultüte. Heute war der Tag ihrer Einschulung. Die Schultüte, ein etwa vierzig Zentimeter langer Pappzylinder, war von den Eltern mit Süßigkeiten gefüllt worden. Sie durfte ihn erst in der Schule öffnen. Johanna hatte die Schultüte von ihrem Bruder Manfred übernommen, der ein Jahr zuvor eingeschult worden war.

»Freust du dich, in die Schule zu kommen?«, fragte Manfred mit neugierigem Blick auf Johannas neue Schuhe.

»Geht so«, antwortete sie knapp und konzentrierte sich darauf, die Schnürsenkel richtig zu binden.

Johanna war sehr aufgeregt, denn sie wusste nicht, was da Neues auf sie zu kam. Aber sie hatte ja Manfred dabei, wenigstens bis zum Klassenzimmer. Er kannte sich aus! Manfred war knapp dreizehn Monate älter als sie, und sie war sehr stolz auf ihren großen Bruder.

»Manfred, pass auf deine Schwester auf«, sagte die Mutter, nachdem sie die beiden in die Arme genommen und ihnen einen Kuss auf die Wange gedrückt hatte. »Ich wünsche euch einen guten Schulanfang!«

Zusammen gingen sie die Straße hinunter und auf der anderen Seite des Dorfes den Hang wieder hinauf zur katholischen Volksschule. Sie benötigten dazu gut eine halbe Stunde Fußmarsch.

Das Dorf Ormheim, in dem die Kinder aufwuchsen, war umgeben von Streuobstwiesen, Wäldern und Äckern. Mit seinem ländlichen Charakter bildete es einen Ort der Ruhe und Abgeschiedenheit. Die

Häuser lagen weit verstreut links und rechts eines kleinen Baches, der sich durch das Dorf schlängelte. Einige Häuser standen auf den umliegenden Hügeln. Etwa 1300 Menschen lebten in dem Dorf, das zehn Kilometer südöstlich von Saarbrücken lag.

»Ich muss ein Stockwerk höher, geh du mal dort links rüber, da sind die Kleinen!«

Johanna funkelte ihren Bruder mit zornigem Blick an. »Ich bin nicht klein!«, protestierte sie.

Manfred lief die Treppe hoch zu seinem Klassenzimmer. Johanna wurde plötzlich an der linken Hand gepackt und mitgezogen.

»Komm schon«, sagte Ingrid, »wir müssen uns dort aufstellen.«

Ingrid wohnte in der gleichen Straße wie Johanna, nur ganz unten, am Anfang, im Haus mit der Nummer eins. Die Kinder oben in der Straße gehörten zu Johannas besten Freunden.

Eine dunkelhaarige, zierliche Frau mit einem Arm voller Unterlagen kam die Stufen herauf, nickte den inzwischen zahlreich erschienenen Mädchen und Jungen freundlich zu und schloss die Klassenzimmertüre auf.

»Kommt rein, Kinder, und sucht euch einen Platz«, rief sie mit lauter Stimme und ging schnurstracks auf ihren Schreibtisch zu.

Johanna setzte sich sofort in die vorderste Bank und drehte sich neugierig um. Sie kannte viele Kinder aus dem Dorf. Ganz hinten entdeckte sie einen kleinen, schmächtigen Jungen, den sie noch nie gesehen hatte.

»Kinder, seht nach vorne, ich werde euch jetzt einiges erklären«, hörte sie die Frau rufen und Johanna drehte sich wieder nach vorne.

Mit einer Kreide schrieb die Lehrerin *Fräulein Feber* an die Wandtafel und blickte zu den Kindern in die Klasse.

»Der Unterricht beginnt jeden Tag um acht Uhr. Ich erwarte von euch Pünktlichkeit, Disziplin und Gehorsam! Ihr macht täglich eure Hausaufgaben und lasst sie von euren Eltern kontrollieren. Schon nächste Woche werden wir einen kleinen Ausflug machen, und ich bin sicher, das wird euch gefallen!«

Fräulein Feber trug einen grauen, knielangen, engen Rock und einen roten Rollkragenpullover. Darüber baumelte eine lange Halskette mit einem Medaillon.

Vielleicht ist sie ja ganz nett, dachte Johanna, und Ausflüge, das ist toll! Dann betrachtete sie das Mädchen, das sich neben sie gesetzt hatte. Sofort verspürte sie ein unruhiges Gefühl. Die kleine, dicke Katrine hatte dichte, dunkelbraune Haare, die sie zu einem Pferdeschwanz gebunden hatte. Sie trug ein rotes Kleid und dicke, klobige Schuhe.

Der erste Schultag ging schnell vorüber. Stolz erzählte Johanna ihrer Mutter beim Mittagessen, was sie alles erlebt hatte.

»Dann pass mal gut auf, damit du etwas lernst!«, sagte die Mutter mit einem Lächeln im Gesicht. »Und gib dich nicht zu sehr mit Katrine ab. Ihre Eltern gehören zu den Leuten, die hier im Dorf unbeliebt sind. Die gehen nicht zur Kirche, und das Hemd ist ihnen näher als der Rock.«

Johanna verstand nicht, was ihre Mutter damit meinte. Aber sie wollte sowieso versuchen, sich anderen Mädchen anzuschließen.

Schon bald war Johanna mit der zierlichen Claudia, die keiner Fliege etwas zuleide tun konnte, und mit der großen und kräftigen Maria zusammen. Sonja gesellte sich dazu, und die vier wurden dicke Freundinnen. Sonja hatte lustige, hellblaue Augen und widerspenstige, blonde Locken. Sie hatte ständig Unsinn im Kopf.

In der großen Pause waren die Mädchen immer unzertrennlich. Sie plauderten, spielten zusammen und trafen sich nach der Schule.

»Heute morgen hat mein Bruder mir einen interessanten Vorschlag gemacht«, sagte Maria in der Pause zu ihren Freundinnen. Maria hatte lange, dunkelbraune Haare und braune Augen. Gespannt streckten die vier die Köpfe zusammen und lauschten Marias Erzählung.

9

»Wir wollen uns heute Abend um sieben Uhr treffen. Dann ziehen wir durch die Straßen und klingeln an den Haustüren. Wir müssen dann schnell wegrennen, bevor jemand herauskommt und wir erwischt werden!«

Johanna schüttelte nachdenklich den Kopf und erwiderte: »Da kann ich leider nicht dabei sein, weil ich nach dem Abendessen nicht mehr nach draußen darf.«

»Du hast aber strenge Eltern«, meinte Maria. »Aber okay, dann ziehen wir eben alleine los.«

Im Unterricht gab sich Johanna große Mühe, alles richtig zu machen. Aber in den Fächern *Naturkunde* und *Schönschrift* fiel es ihr schwer, sich zu konzentrieren. Was interessieren mich die Buschwindröschen, dachte Johanna, als Fräulein Feber ihnen zehn Fragen diktierte, die die Kinder in ihr Naturkundeheft schreiben mussten.

»Beantwortet die Fragen zuhause und bringt die Hefte morgen wieder mit! Wenn ihr gut aufgepasst habt, dann seid ihr schnell fertig mit den Aufgaben«, sagte sie in strengem Ton.

Johannas Mutter kontrollierte stets die Hausaufgaben und verlangte von ihr, Schönschrift zu üben. Draußen schien die Sonne, und es war für Johanna eine Qual, still zu sitzen.

»Eine schöne Schrift bekommt man nur durch viel Üben«, behauptete die Mutter.

Johanna widersprach nicht, sondern versuchte sich zu konzentrieren. Sie hatte Angst, ihre Mutter könnte sich am Abend beim Vater über sie beklagen. Immer, wenn der Vater von der Arbeit nach Hause kam, war er erst einmal müde und gereizt. Es brauchte dann nicht viel, um ihn wütend zu machen. Dann schimpfte er mit seinen Kindern oder es gab Prügel.

Manfred hatte seine Hausaufgaben immer schnell erledigt. Er hatte keine Probleme in der Schule, ihm fiel alles wie selbstverständlich zu, und er war Klassenbester. Schon wurde überall gemunkelt, dass er später auf eine höhere Schule in die Stadt fahren könnte, um zu studieren.

10

Wenn die Mutter endlich zufrieden war, zog Johanna sich um. Bis zum Abendessen konnte sie nun draußen herumtoben.

Im Turnunterricht war Johanna Klassenbeste. Alle Mitschüler wollten immer auf ihrer Seite sein, weil sie dann bei Wettkämpfen am meisten punkteten.

»Heute spielen wir Völkerball. Teilt euch in zwei gleich große Gruppen!«, befahl Fräulein Feber und sorgte durch einen Pfiff mit ihrer Trillerpfeife für plötzliche Ruhe.

Vor Beginn des Spiels wählte jede der beiden Spielparteien A und B einen König für ihre Mannschaft. Dieser musste sich während dem ersten Teil des Spiels hinter der Rücklinie des gegnerischen Spielfeldes aufhalten. Die restlichen Kinder, aufgeteilt in die gleiche Anzahl Spieler, besetzten die Spielfelder A und B.

Fräulein Feber warf Jürgen vom Team A den Ball zu und schrie: »Achtung, der Ball ist heiß!«

Sofort schleuderte Jürgen den Ball in das gegnerische Feld.

Katrine, die nur blöd dastand, konnte den Ball nicht auffangen und wurde am rechten Bein getroffen.

Die Kinder schrien im Chor: »Ab!«, und sofort musste Katrine das Spielfeld verlassen und sich zu ihrem König hinter den Spielfeldrand A gesellen.

Gruppe B war an der Reihe. Benno nahm den Ball auf. Er durfte aber nicht direkt einen gegnerischen Spieler im Feld A abwerfen, sondern musste den Ball zuerst über Feld A seinem König zuwerfen. Dieser fing ihn auf und warf ihn direkt ins Feld A. Johanna, die dort stand, konnte den Ball auffangen und gab ihn blitzschnell weiter an Jürgen, der aus einer günstigen Position stehend seine Gegnerin Claudia traf.

Hätte Claudia den Ball aufgefangen und an einen Mitspieler weitergegeben, hätte der wiederum versuchen können, einen gegnerischen Spieler zu treffen. Aber da Claudia den Ball weder fangen noch ausweichen konnte, galt sie als abgeschossen und musste zu ihrem König hinter das gegnerische Spielfeld. Hier half sie ihm, gegnerische Spieler abzuwerfen.

So ging das hin und her, bis alle Innenfeldspieler getroffen und die Felder verwaist waren. Sofort mussten die Könige in ihre jeweiligen Innenfelder wechseln und dann versuchten, den jeweils anderen König mit dem Ball zu treffen. Jeder hatte drei *Leben*. Erst wenn alle *Leben* verbraucht waren, war das Spiel zu Ende.

Nach so einer Sportstunde fühlte sich Johanna immer sehr wohl und voller Energie. Sie war in ihrem Element, sobald sie sich bewegen konnte.

Ein weiteres Fach, *Religion*, gab der Dorfpfarrer Herr Weich. Er hatte Johanna bereits getauft und kannte ihre ganze Familie. Er ließ die Kinder meistens religiöse Bilder ausmalen und las aus der Bibel vor. Der Pfarrer verteilte allen Kindern das schwarze, glänzende Buch und empfahl ihnen, regelmäßig darin zu lesen.

»Auf diese Bibel musst du gut achtgeben«, sagte ihre Mutter. »Immer, wenn du nicht weiter weißt, kannst du darin lesen!«

So ein Quatsch, dachte Johanna, wie will mir die Bibel denn antworten, wenn ich nicht mehr weiter weiß? Aber sie sagte nichts und versorgte die Bibel im hintersten Fach ihres Schulranzens.

Herr Weich gab einmal pro Woche Unterricht. Seine Stunden fand Johanna nicht besonders interessant. Sie wusste aber, dass der Pfarrer auch Kinder taufte, Ehen schloss und Beerdigungen abhielt. Diese Vielseitigkeit gefiel Johanna sehr, und deshalb fand sie, dass ihm ein gewisser Respekt gebührte.

»Maria, weißt du eigentlich, woher die Babys kommen?«, fragte Johanna, die dieses Thema brennend interessierte.

»Ja, klar weiß ich das!«, antwortete Maria. »Dem Mann sein Ding wird in das Loch der Frau gesteckt!«

»Welches Loch?«, fragte Johanna erschrocken.

12

»Da, wo Pipi rauskommt, was denkst du denn? Hier!«

Eine kurze Pause folgte und dann ein heftiges Kichern. »Ist ja eklig!«

»Aber es ist wahr«, antwortete Maria.

»Und dann?«, wollte Johanna wissen.

»Das Ding vom Mann wird hart, und er schießt das Zeug wie mit einem Gewehr in die Frau, und –« Maria verstummte.

»Welches Zeug?«

»Kannst mir das ruhig glauben, und dann entstehen die Babys«, behauptete Maria stolz und sah Johanna etwas von oben herab an.

»Nein, das glaube ich nicht. Meine Mutter und mein Vater haben das sicher nicht gemacht, mich hat der Klapperstorch gebracht, meine Eltern haben Zucker auf die Fensterbank gestreut.«

»Wer sagt denn so was?«, wollte Maria wissen.

»Mama«, antwortete Johanna.

Das erste Schuljahr ging schnell vorüber. Weihnachten stand schon vor der Tür, und Johanna durfte ihrer Mutter beim Plätzchenbacken helfen.

»Pass auf, dass du das Mehl nicht überall verstreust«, ermahnte ihre Mutter sie und rührte die Zutaten für Spritzgebackenes an. Anschließend wallte sie den Teig auf der großen Tischplatte aus. Johanna durfte die Plätzchen ausstechen und auf dem Kuchenblech verteilen.

Nahezu jeden Abend, wenn der Vater nach Hause kam, nahm er Johanna auf den Schoss, und sie konnte ihm erzählen, was sie erlebt hatte. Er drückte sie und strich ihr liebevoll über den Kopf.

»Es freut mich, dass du so gerne in die Schule gehst«, sagte er zu seiner Tochter und versprach, nach dem Abendessen mit ihr und Manfred zu spielen.

Johanna fand es immer großartig, wenn ihr Vater mit ihnen umhertollte. Hier spürte sie instinktiv, wie Manfred und sie gleich behandelt wurden. Meistens fanden Ringkämpfe statt und die verliefen für alle Seiten unentschieden, weil Johanna mindestens so stark war wie ihr Bruder und der Vater sich sehr rücksichtsvoll verhielt.

13

Als Johanna im April 1962 in die zweite Klasse kam, wurde der Unterricht durch die Fächer *Musik* und *Zeichnen* erweitert. Diese bereiteten ihr große Freude.

In dieser Klasse wechselten sich Fräulein Feber und Herr Walter mit dem Unterrichten ab.

Den jungen Lehrer Walter mochten alle Kinder auf Anhieb sehr gerne, denn er machte Witze, war sportlich und sah gut aus. Seine dunklen Haare und die dunkelbraunen Augen waren etwas Spezielles, dachte Johanna vom ersten Moment an. Oftmals nahm Lehrer Walter die Jungen mit auf den Pausenplatz und spielte mit ihnen Fußball. Die Mädchen mussten zugucken.

Die Zeit bis zu den Sommerferien verging rasch! Mehrmals gab es Hitzefrei, weil das Thermometer morgens um zehn Uhr bereits über 28 Grad anzeigte. Immer wenn der Schuldirektor nach der Pause vor die Klassen trat, wussten alle Kinder schon, was das bedeutete.

Die großen Ferien verliefen ruhig, Johanna ging oft mit ihrer Mutter und ihrem Bruder in den Wald um Erdbeeren zu pflücken und half anschließend das Obst zu verarbeiten. Die Marmelade aus Walderdbeeren war besonders schmackhaft.

Kurz vor ihrem achten Geburtstag bezogen Johannas Eltern mit den Kindern ihr neu erstelltes Haus an der Ponstraße 11 in Ormheim. Johanna und Manfred teilten sich ein großes Zimmer, in dem sie so viele Bilder aufhängen konnten, wie sie wollten. Ihre Tante nähte Vorhänge aus hellblauem Stoff, auf dem Spielsachen abgebildet waren.

»Morgen ist ein Feiertag. Da habt ihr keine Schule. Deshalb bekommt ihr etwas mehr Hausaufgaben«, sagte Fräulein Feber und verteilte die Aufgabenblätter.

Nach dem Mittagessen holte Johanna die Schulsachen hervor und begann eine Seite mit der Schönschrift auszufüllen.

»Blöd, dass morgen *Maria geht in den Himmel* ist, wir haben doppelt so viele Hausaufgaben bekommen«, sagte sie zu ihrer Mutter.

14

»Was, sagst du, ist morgen?«, fragte diese. »Dieser Feiertag heißt *Christi Himmelfahrt*.« Sie lachten beide.

Johanna gab sich alle Mühe, die ihr gestellten Aufgaben sorgfältig zu erledigen. Gewissenhaft las sie die Kapitel oder Geschichten, die Lehrerin Feber den Kindern aufgab. Nur das Auswendiglernen bereitete ihr große Mühe. Sie konnte sich nicht konzentrieren, wenn sie die Kameraden spielen hörte.

Als der September den August ablöste, war Johanna wie meistens stundenlang draußen und spielte mit ihren Freunden. Immer wieder dachten sie sich neue Streiche aus, streunten im Wald umher, kletterten auf Bäume und schwangen sich mit selber gebastelten Seilen über Gräben und von Baum zu Baum.

Johanna war kein Baum zu hoch und kein Graben zu tief.

»Du siehst fürchterlich aus. Wie etwas, das die Katze angeschleppt hat«, sagte die Mutter.

»Tut mir leid, aber ich bin in den Bach gefallen«, antwortete Johanna.

»Was um Gottes Willen suchst du denn am Bach? Ich habe dir oft genug verboten, da zu spielen!«

»Aber alle anderen waren auch da, und es war so toll!«

»Verschwinde in dein Zimmer, aber nicht, bevor du dich umgezogen und gewaschen hast«, schrie ihre Mutter.

Da bin ich ja mit einem blauen Auge davongekommen, dachte Johanna bei sich.

Sie war vollkommen überrascht und verblüfft, als ihr Vater, der gerade von der Arbeit kam, tobend in ihr Zimmer stürmte.

»Was fällt dir eigentlich ein, deiner Mutter soviel Kummer und Sorgen zu bereiten? Du bist ein ungezogenes Kind, und ich habe es statt, ständig von deinen Untaten zu hören! Immer kommst du schmutzig und mit zerrissenen Kleidern nach Hause. Geh sofort hinunter!« Ihr Vater knallte die Tür hinter sich zu.

»Wehe, *ich* hätte mir erlaubt, so die Türe zuzuschlagen. Mit Sicher-

15

heit hätte das Geschimpfe oder gar eine Ohrfeige gegeben«, flüsterte Johanna und begab sich ins Wohnzimmer. Dabei sickerte ein beunruhigendes Gefühl wie ein vergifteter Strom durch ihren Körper.

Ihr Vater ging in die Küche und kam mit einem Kochlöffel aus Holz zurück. Er schlug damit ziellos auf Johanna ein. Überall traf er sie. Sie lief um den Tisch und schrie wie am Spieß. Die Mutter verließ den Raum. Als der Kochlöffel zerbrach, zog der Vater seinen Gürtel aus dem Hosenbund und schlug damit weiter um sich.

Manfred hatte sich unter einen Sessel verzogen. Plötzlich stand er beherzt auf und stellte sich vor Johanna. Der Vater hielt inne, staunte und verzog sich aus dem Zimmer. Beide Kinder weinten und zitterten. Dann gingen sie in ihre Zimmer und verkrochen sich unter den Bettdecken.

Das Laken war eiskalt. Johanna zog sich die Decke bis zum Kinn und wartete darauf, dass die Wärme ihren Körper fand.

Jeden Montag fuhr der Vater mit Johanna und Manfred nach Saarbrücken, der nahegelegenen Hauptstadt des Saarlandes, in ein Hallenbad. Er fand es wichtig, dass seine Kinder schwimmen lernten. Er wartete stets nahezu zwei Stunden oben in der Wartehalle auf sie. Denn weil das Geld knapp war, konnte er sich den Eintritt nicht leisten und auch nicht zwischenzeitlich etwas trinken gehen.

Johanna fühlte sich wohl im Wasser und lernte schnell schwimmen. Ohne Schwierigkeiten schwamm sie 25 Meter im Hallenbad hin und her; und wenn alle anderen Kinder schon müde und schlotternd aus dem Wasser stiegen, legte sie erst richtig los.

Sie freute sich immer auf diese Montagabende. Und wenn es draußen auch bitterkalt wurde, Weihnachten und die Ferien vorüber waren, konnte sie es kaum erwarten, wieder in den Schwimmverein zu gehen.

Johanna sah, wie der Schwimmlehrer mit ihrem Vater sprach. Sie wurde nicht beigezogen und hatte keine Ahnung, worum es ging.

16

Spätabends hörte sie, wie ihr Vater der Mutter von diesem Gespräch erzählte. Johanna lauschte.

»Herr Möller, der Schwimmlehrer, erzählte mir, dass er noch nie ein Mädchen in Johannas Alter im Schwimmverein hatte, das so talentiert war. Bereits heute würde sie alle Jungen abhängen und eine tollen Schwimmstil pflegen. Johanna müsste man fördern, hat er gesagt.«

»Ich verstehe nicht, wieso du mir das erzählst. Ich habe auch nie schwimmen gelernt. Außerdem haben wir nicht das Geld, um das alles zu bezahlen«, gab Johannas Mutter zur Antwort.

»Herr Möller war so überzeugt, dass ich dachte, wir könnten es uns ja mal überlegen!«, meinte der Vater.

»Dieser Möller hat sicher keine Kinder, die er durchbringen muss!«

Aufgrund dieser vernichtenden Antwort gab sich der Vater geschlagen, und es wurde kein Wort mehr darüber gesprochen.

An einem warmen und wunderschönen Tag kurz vor den Osterferien breitete Johanna wie immer ihre Hefte und Bücher auf dem Küchentisch aus und seufzte. Es waren so viele.

»Wenn du das Gedicht bis heute Abend nicht auswendig kannst, dann wirst du was erleben! Und vorher kannst du nicht nach draußen, dass das klar ist!«, sagte Johannas Mutter in einem Ton, der Johanna Angst und Schrecken einjagte.

Anfangs gelang es ihr gut, die Hausaufgaben zu erledigen, aber zunehmend verspürte Johanna, wie sich ihr Magen zusammenzog, weil sie das, was sie las, nicht behalten konnte. Wie immer wurde es ihr schlecht und ganz flau in der Bauchgegend, wenn ihre Mutter drohte. Nach zwei Stunden klappte sie ihr Heft zu, stellte die Schultasche in die Ecke und lief aus dem Haus.

Wohin sollte sie gehen?

Sie lief die Straße ins Dorf hinunter und klingelte am Haus ihrer Oma.

»Kind, wie siehst du denn aus, und woher kommst du? Komm rein«, sagte ihre Oma.

Völlig außer Atem erzählte Johanna, was passiert war und dass sie davongelaufen war.

»Ich kann nicht mehr nach Hause, meine Mutter macht mir Angst, und wenn mein Vater heute Abend nach Hause kommt, wird sie ihm erzählen, dass ich sie geärgert habe, und er wird mir eine Tracht Prügel erteilen.«

»Komm, setz dich hin und trinke mal was, du bist ja vollkommen durch den Wind!«

Johanna sah ihrer Oma zu, wie sie Teewasser aufsetzte und nahm die Ruhe und den Frieden wahr, den diese Frau ausstrahlte.

»Was hast du denn angestellt?«, wollte die Oma wissen.

»Ich habe meine Hausaufgaben gemacht, aber meine Mutter meinte, ich solle sie nochmals schreiben, weil sie nicht schön geschrieben waren. Außerdem musste ich ein Gedicht auswendig lernen, das mir einfach nicht in den Kopf ging. Meine Mama hat dann einen Kochlöffel genommen und mich auf den Kopf geschlagen. Das hat mir sehr wehgetan!«

Da läutete es an der Tür. Als hätte sie eine plötzliche innere Eingebung, schickte Johannas Oma ihre Enkelin auf die Speichertreppe. »Warte da, bis ich dich wieder rufe, und sei ganz still!«, befahl sie ihr.

Die Stimme von Johannas Mutter war unverkennbar. Laut und klagend berichtete sie, dass Johanna davongelaufen war und sie sich riesengroße Sorgen mache, dass dem Kind was passieren könnte.

»Ich weiß nicht, wo die Kleine ist. Da musst du wohl weitersuchen«, behauptete Johannas Oma. »Aber wenn sie sich bei mir meldet, werde ich sie nach Hause schicken«, ergänzte sie.

»Danke«, antwortete Johannas Mutter tränenüberströmt und verließ das Haus.

»Die Luft ist rein, du kannst runterkommen«, rief die Oma von der Küche aus. »Jetzt gehst du ohne Umschweife nach Hause. Und hab

18

keine Angst, deine Mutter war so erschrocken, sie wird froh sein, dich wieder zu haben.«

Sie gab Johanna einen Apfel mit auf den Weg und schickte sie los.

Die Oma behielt recht. Als Johanna zuhause ankam, wurde kein Wort mehr über diese Geschichte gesprochen. Johannas Mutter tat, als ob nichts geschehen wäre. Sie fragte Johanna nicht, woher sie kam oder wo sie gewesen war.

»Johanna, sei so gut und hol mir mal Kartoffeln vom Keller hoch«, sagte ihre Mutter in beiläufigem Tonfall, der Johanna innerlich wütend machte.

»Ja, sofort«, antwortete sie, holte die Kartoffeln und brachte sie in die Küche.

»Ich möchte jetzt nach oben in mein Zimmer gehen.«

»Na, dann geh schon«, lautete die Antwort.

Johanna wunderte sich, so leicht davon zu kommen. Offenbar wurde ihre Mutter von einem schlechten Gewissen geplagt, denn normalerweise musste Johanna die Kartoffeln schälen.

Wie immer gegen 17 Uhr kam ihr Vater nach Hause. Er nahm seine Tochter in den Arm und drückte sie.

»Na, Seifepüppchen, hattest du einen schönen Tag?«

»Wie man's nimmt«, antwortete Johanna. »Ich kann mir einfach diese Siebenerreihe nicht merken, die wir erneut heute in der Schule durchgenommen haben. Das übrige Einmaleins klappt ganz gut, soll ich es dir mal vortragen?«

»Wir nehmen uns nach dem Essen die Zeit dazu«, sagte ihr Vater und ging in die Küche, um seine Frau zu begrüßen.

Es duftete nach selbst gebackenem Kuchen, und Johanna lief das Wasser im Mund zusammen.

Eines Nachmittags im Mai klingelte Johanna an der Haustüre von Frau Rutsch, Markus' Mutter, den sie zum Spielen abholen wollte. Frau Rutsch war zierlich, hatte schlanke, schmale Glieder, ebenmäßige

19

Züge und seidiges Haar. Sie trug ein hellblaues Hängerkleid, auf dem ein roter, sehr breiter Gürtel hervorstach.

»Hallo Johanna! Schön, dich zu sehen. Komm doch rein.«

»Ich möchte fragen, ob Markus zum Spielen kommen kann?«

»Ja klar, das geht schon. Er zieht gerade seine alten Kleider an.«

Johanna betrat das Wohnzimmer und ließ ihren Blick kurz durch das Zimmer schweifen.

Mitten im Raum, unter einem altmodischen Kronleuchter aus Messing, stand ein runder Holztisch, der von sechs Stühlen umgeben war. Die Wohnwand an der linken Raumseite war mit unzähligen Vasen, Bilderrahmen und Keramikgegenständen bestückt. Wallende elfenbeinfarbene Raffgardinen rahmten das Fenster mit Blick auf die Straße.

Frau Rutsch war schwanger, wie Johanna wusste. Man sah es ihr aber nicht an.

»Freuen Sie sich auf das Baby?«, fragte Johanna und setze sich auf einen der Stühle.

»Oh ja, sehr«, antwortete Frau Rutsch.

»Ich möchte auch ein Baby, am liebsten ein kleines Brüderchen«, sagte Johanna.

»Dann musst du Zucker auf die Fensterbank streuen, und schon wird sich dein Wunsch erfüllen«, antwortete Frau Rutsch.

Als Markus endlich runterkam, rannten die Kinder nach draußen, wo bereits Ritschi und Peter warteten.

»Was wollen wir heute spielen?«, fragte Peter.

Johanna ging die Zuckergeschichte nicht mehr aus dem Kopf, und beim *Kettenfangen* war sie ziemlich unkonzentriert. Der Fänger, dieses Mal wurde Markus ausgewählt, fing Peter und bildete mit ihm eine Zweierkette. Sie fingen Johanna ein und als Dreierkette noch den letzten. Ihre Hände durften sie dabei nicht loslassen. Das Spiel begann von vorne, und als es langsam eindunkelte, ging Johanna nach Hause.

20

Tag darauf war Sonntag und eine günstige Gelegenheit, den Zucker auf die äußere Fensterbank des Elternschlafzimmers zu schütten, denn ihre Eltern waren in die Kirche gegangen. Johanna nahm aus der Küche eine Tüte Zucker und häufte ihn auf der Fensterbank an.

»So, das muss ja wohl reichen für einen kleinen Bruder«, dachte sie und ging in die Küche, um das Gemüse zu putzen. Ihre Mutter hatte ihr aufgetragen, das zu erledigen, damit sie pünktlich Mittagessen konnten.

Beim Mittagessen sah ihre Mutter sie unverblümt an und fragte: »Hast du den Zucker auf die Fensterbank geschüttet?«

Johanna wurde ganz blass. Wieso wusste das die Mutter schon wieder? Hatte sie denn ihre Augen überall?

»Ja, das habe ich getan!«, antwortete Johanna, »denn Frau Rutsch sagte mir, dass dann ein Baby kommen würde, und ich wünsche mir so sehr einen kleinen Bruder!«

Ihre Mutter lächelte. Aber dann verschwand ihr Lächeln genauso schnell wieder, wie es gekommen war.

»Wir werden sehen, ob an der Zuckergeschichte was dran ist!«, antwortete sie, stand auf und nahm Johanna in die Arme.

Sie ließ willig über sich ergehen, dass die Mutter ihre langen Haare zu einem lockeren Pferdeschwanz zusammen nahm. Das tat sie oft – seit Johanna ein kleines Mädchen war, und komischerweise fand Johanna es sehr tröstlich.

Johannas Vater war stolz auf seine einzige Tochter. Er versuchte sie zu fördern und zu unterstützen, soweit es seine Zeit und die finanziellen Mittel erlaubten.

Leider sah sie ihn nicht sehr oft, denn er musste viel arbeiten, auch am Samstag. Von Montag bis Freitag arbeitete er in Saarbrücken als Prokurist in einem riesigen Bauunternehmen. Am Samstagvormittag war er als Chauffeur eines Lebensmittelgeschäftes im Nachbardorf Emsheim unterwegs.

Auch hatte er am Haus immer wieder etwas zu reparieren. Er tapezierte außerdem die Wände oder mähte den Rasen.

Es gab keinen Fernseher in der Familie, aber Johannas Eltern hatten vor, sich zu Weihnachten einen anzuschaffen. Johanna freute sich darauf, denn niemand in der ganzen Straße hatte einen Fernseher, und sie hatte gehört, dass da tolle Kindersendungen kamen.

2. Das Brüderchen

Am ersten Mittwoch im Monat August, es war im Jahr 1963, wurden Johanna und Manfred mitten in der Nacht von ihrem Vater geweckt. Johanna erschrak fürchterlich und hatte große Angst.

»Was ist passiert?«, fragte sie leise und stieg aus dem Bett.

»Zieht euch schnell an, ich bringe euch zu Oma runter. Mama muss ins Krankenhaus!«

Erst am nächsten Morgen um sechs Uhr, als die Oma ihnen einen warmen Kakao ans Bett brachte, erfuhren die beiden, was los war.

»Heute Nacht ist eure Mama ins Krankenhaus gekommen, um von einem Baby entbunden zu werden.«

Johanna war mit einem Satz aus dem Bett und tanzte um den Küchentisch.

»Juhui, ich bekomme ein kleines Brüderchen. Juhui, Juhui!«

»Das kannst du doch gar nicht wissen«, entgegnete ihre Oma, »wir haben ja noch gar nichts aus dem Krankenhaus gehört!«

»Ich weiß es einfach, denn wenn man sich etwas ganz fest wünscht, dann geht es in Erfüllung!«, antwortete Johanna und strahlte über das ganze Gesicht.

Sie mussten wie immer pünktlich zur Schule, und als sie mittags zur Oma kamen, saß ihr Vater am Küchentisch.

»Ihr habt heute Morgen ein Brüderchen bekommen. Es ist ein gesundes, kräftiges Baby.«

Johanna und Manfred freuten sich riesig und wären am liebsten sofort mit ihrem Vater ins Krankenhaus gefahren, aber sie mussten sich noch bis Sonntag gedulden.

»Darf ich ihn mal halten?«, fragte Johanna ihre Mutter, die den kleinen Jungen in ihren Armen hielt.

»Aber natürlich, setz dich zu mir aufs Bett«, antwortete sie.

Als Johanna ihren kleinen Bruder in den Armen hielt, strahlte sie stolz und zufrieden. »Auf dich werde ich immer gut aufpassen, kleines Brüderchen«, versprach Johanna.

Knapp drei Wochen nach Dominiks Geburt wurde Johanna neun Jahre alt. Sie durfte zum Geburtstagsfest ein paar Freunde einladen. Ihre Mutter hatte einen Schokoladen- und einen Streuselkuchen gebacken. Dazu gab es selbst gemachten Johannisbeersaft und kalten Kakao.

Da ohnehin nur Jungs in Johannas Straße wohnten, lud sie Markus und Ritschi ein. Markus schenkte Johanna eine Tafel Schokolade, und Ritschi hatte ihr eine kleine Holzschleuder gebastelt.

Kaum war die Kaffeerunde beendet, rannten die Kinder nach draußen.

Es war ein wunderbarer Spätsommertag, der strahlend blaue Himmel war von wenigen Wölkchen durchzogen.

»Wollen wir heute *Wer hat Angst vorm schwarzen Mann spielen?*«, fragte Ritschi.

Die anderen, inzwischen war auch Michael zu ihnen gestoßen, waren sofort einverstanden. Sie bildeten einen Kreis, und Ritschi sagte:«Ene mene muh, und raus bist du!«

Er zeigte auf Johanna, die sofort einen Schritt nach hinten trat. Auch die anderen, bis auf Markus, wurden ausgezählt, und somit war klar, dass Markus der schwarze Mann, der sogenannte *Fänger*, war. Markus zog hinter sich mit einer Kreide einen Strich quer über die Straße. Die anderen liefen etwa zehn Meter die Straße hinunter, zogen ebenfalls einen Strich von einer Seite zur anderen und stellten sich dahinter.

Markus rief: »Wer hat Angst vorm schwarzen Mann?«

Die anderen riefen zurück: »Niemand!«

»Und wenn er aber kommt?«

»Dann laufen wir davon!«

Die Kinder rannten gemeinsam los und versuchten, schnell auf die

24

andere Seite zu kommen, um sich hinter die gezogene Linie zu retten. Markus, der Fänger versuchte dabei, so viele Kinder wie möglich durch Antippen zu fangen.

Diese halfen im nächsten Durchlauf dem schwarzen Mann beim Fangen. Der Letzte, der übrig blieb, hatte gewonnen. Michael wurde vom schwarzen Mann zuerst getroffen, deshalb war er im folgenden Spiel der Fänger.

Der Nachmittag verging rasch. Gegen Abend trennten sie sich und liefen nach Hause. Die Mutter war gerade dabei, die Blumen im Garten zu gießen, als Johanna um die Ecke gerannt kam.

»Wie siehst du denn aus? Das schöne Kleidchen, das du zum Geburtstag geschenkt bekommen hast, ist ja vollkommen schmutzig! Zieh es sofort aus und bringe es in die Waschküche«, schrie die Mutter entsetzt.

Johanna tat, wie ihr befohlen und zog die alte Jeans von Manfred an, ihre Lieblingshose.

Warum muss ich auch immer diese blöden, unpraktischen Röcke und Kleider tragen, dachte Johanna bei sich.

»Morgen musst du mit Dominik spazieren gehen«, sagte Johannas Mutter, »ich habe viel zu tun. Das Haus sollte mal von oben bis unten gründlich geputzt werden, und außerdem muss ich das Obst zu Kompott verarbeiten.«

Johanna schmollte, denn sie hatte bereits mit den Jungs abgemacht.

Der nächste Tag war sonnig und sehr windig. Johanna packte Dominik in den Kinderwagen, deckte ihn zu und sagte: »Eigentlich bist du ja mein süßer Spatz. Sicher verstehst du, dass ich keine Zeit habe, um mit dir spazieren zu gehen.«

Sie schob den Kinderwagen ein Stück die Straße hinunter und bog hinter eine Scheune. Als sie außer Sichtweite der Mutter waren, zog Johanna die Bremse an und verschwand.

Irgendwann, nachdem sie mit ihren Freunden ausgiebig Verstecken gespielt hatte, holte sie Dominik wieder ab und ging mit ihm nach Hause. Ihre Mutter hatte nichts gemerkt und Dominik, der zufrieden in seinem Kinderwagen geschlafen hatte, konnte nichts verraten.

Ende November 1963 starb John F. Kennedy, der 35. Präsident der Vereinigten Staaten von Amerika. Er wurde in Dallas bei einem Attentat ermordet.

Das Ereignis war das Hauptthema beim Abendessen. Johanna sah die besorgten Gesichter ihrer Eltern und fragte: »Was passiert nun, wenn sie keinen Präsidenten mehr haben? Wissen die Menschen denn jetzt nicht, was sie machen sollen?«

»Halt den Mund und iss deinen Teller leer«, befahl ihre Mutter.

»Die werden wohl schnellstens einen neuen Präsidenten wählen«, sagte Manfred.

Die Mutter sah ihn an und antwortete: »Ja, so wird es sein. Gut, dass wir hier in Europa sind!«

Die Wochen bis zum Jahresende zogen sich dahin. Johanna freute sich auf Weihnachten und den ersten Schnee.

Er ließ auch nicht lange auf sich warten. Mitte Dezember fiel so viel Schnee, dass die Straßen für Autos nahezu unpassierbar wurden. Johannas Vater war der Einzige, der den steilen Hang nach Hause mit dem Auto hochkam. Er legte immer rechtzeitig einen Zementsack in den Kofferraum. Die Kinder in der Straße wussten alle, um welche Uhrzeit Johannas Vater kam und waren entsprechend vorsichtig, denn es gab unübersichtliche Kurven.

»Wollen wir ein Wettfahrten veranstalten?«, fragte Markus, als sich die Kinder um zwei Uhr nachmittags trafen.

»Das ist eine supergute Idee«, antwortete Johanna

Sofort stiegen sie auf ihre Schlitten und sausten mit einem riesigen Gegröle die Straße hinunter. Weil es soviel Spaß machte, wiederholten sie diese Abfahrt immer wieder. Johanna fand schnell heraus,

26

dass sie – wenn sie bäuchlings auf dem Schlitten lag – alle abhängen konnte.

Pünktlich zu Weihnachten gab es erneut einen großen Wintereinbruch, der die ganze Gegend für Stunden lahmlegte. Es schneite ununterbrochen. Dächer, Zäune, Bäume und Straßen waren mit dreißig Zentimeter Neuschnee bedeckt.

Am 24. Dezember mussten Johanna und ihr Bruder wie jedes Jahr nach oben ins Zimmer. Ihr Vater installierte den neuen Fernseher, so dass die Kinder *Wir warten aufs Christkind* anschauen konnten.

»Manfred, du sollst nicht einfach umschalten, ich möchte weitergucken!«

Manfred interessierte es nicht, was seine Schwester sagte. »Sei still, ich möchte diese Dokumentation sehen!«, antwortete er nur.

Aber Johanna gab nicht auf.

Schließlich antwortete Manfred genervt: »Also gut, dann schalte ich wieder ins Erste Programm, damit du die Babysendung weitergucken kannst.«

»Das ist keine Babysendung, und ich bin auch kein Baby mehr«, antwortete Johanna, und Tränen kullerten über ihr Gesicht.

»Natürlich bist du das. Du glaubst ja auch noch an das Christkind!«

Als ihr Bruder den Raum verließ, blickte sie ihm traurig nach.

Johanna versuchte, Dominik das Sitzen beizubringen, aber er kippte immer wieder zur Seite. Sie setze ihn zwischen ihre Beine und wollte mit ihm ein Bilderbuch anschauen, aber Dominik klatschte nur auf dem Buch herum und blubberte.

»Wenn du älter bist, werde ich dir das Lesen beibringen, dann wirst du schon still sitzen, du kleiner Mann«, sagte Johanna zu ihm.

Dominik strahlte sie an und ließ sich in ihre Arme plumpsen.

Die Mutter kam ins Zimmer und holte Dominik ab, er sollte gebadet und umgezogen werden.

Zwei Stunden vor der Bescherung mussten Johanna und Manfred ebenfalls in die Badewanne und anschließend ihre Sonntagskleider anziehen. Wie Johanna es hasste, auszusehen wie ein kleines Püppchen in gebügeltem und gestärktem Kleid, wenn Jungenkleider doch tausendmal bequemer waren. Frisch gebadet und gekämmt mussten Johanna und Manfred wieder hoch in das Fernsehzimmer.

Oben warteten sie, bis ein Glöckchen ertönte. Das war das Startsignal. Die beiden rannten die Treppe hinunter und betraten das Wohnzimmer. Überall brannten Kerzen. Der Weihnachtsbaum mit seinen roten Kugeln und dem silberfarbenen Lametta bot einen überwältigenden Anblick.

Johanna und Manfred mussten sich gedulden, denn erst nachdem ihr Vater die Weihnachtsgeschichte vorgelesen hatte, durften die Kinder ihre Geschenke aufmachen. Johanna packte Strümpfe aus, eine kleine Puppe und Schokolade. Manfred hatte ein Buch und ebenfalls Schokolade bekommen.

»Manfred, schau dich doch mal um, da ist noch ein Geschenk für dich«, sagte die Mutter.

Hinter dem Vorhang entdeckte Manfred ein hellgraues Rennrad.

Auch Johanna blickte sich um und sah in der Ecke einen großen Kasten stehen mit einem grünen Tuch darüber.

»Das ist für dich, Johanna«, hörte sie ihre Mutter sagen. Als sie das Tuch beiseite zog, kam ein Käuferladen mit vielen kleinen Schubladen zum Vorschein.

Johanna staunte. »Der ist aber schön«, flüsterte sie und bedankte sich bei ihren Eltern.

»Den hat Papa gemacht«, sagte ihre Mutter und sah ihren Mann liebevoll an.

Johanna ging zu ihrem Vater und drückte ihm einen Kuss auf die Wange. Sie schielte zum Fahrrad ihres Bruders hinüber und fragte Manfred, ob sie auch mal damit fahren dürfte.

»Sobald der Schnee weg ist und die Straße trocken, können wir mal eine Runde drehen«, sagte Manfred.

28

Das dauert ja noch ewig, dachte Johanna. Sie war insgeheim sehr enttäuscht, dass sie kein Fahrrad bekommen hatte.

»Mutti, es gibt doch das Christkind, oder?«, fragte Johanna.

»Aber natürlich. Manfred hat nur Spaß gemacht. Nicht wahr, Manfred?«

»Guten Morgen Kinder, da seid ihr ja wieder vollständig an der Zahl auf euren Plätzen!«

Sofort sprangen die Kinder auf, stellten sich neben ihre Bänke und riefen im Chor: »Guten Morgen, Herr Lehrer Walter.«

»Setzt euch! Wie waren die Weihnachtsferien?«, fragte er und sah Claudia in der ersten Reihe an.

»Die waren toll. Soviel Schnee gab es schon lange nicht mehr, und wir konnten oft raus zum Schlittenfahren.«

Auch die anderen Kinder berichteten, was sie in den Ferien alles erlebt hatten.

Die Wochen und Monate verstrichen. Als endlich Sommer wurde, gingen Johanna und Manfred regelmäßig nach der Schule drei Kilometer bis ins Nachbardorf Fetchingen ins Freibad. Diese erfrischende Abkühlung genossen die Kinder sehr.

Pünktlich um 17 Uhr mussten sie an der Hauptstraße bei der Bushaltestelle warten, damit ihr Vater sie nach der Arbeit aufgabeln konnte. So mussten sie nicht wieder den ganzen Weg zurück nach Hause laufen. Für die Busfahrt hatten sie kein Geld. Johanna war oft sehr hungrig und durstig, aber sie mussten ausharren bis zum Abendessen, auch Zwischenverpflegungen gab es nicht.

Eines Tages – sie waren zu spät aus dem Freibad gekommen und hatten ihren Vater verpasst – blieb ihnen nichts anderes übrig, als den Nachhauseweg zu Fuß anzutreten. Gerade an diesem frühen Abend schlug das Wetter schlagartig um, ein Wind kam auf, und die Wolken zogen wie Wattebäusche vor die Sonne.

Johanna und Manfred liefen so schnell sie konnten. Als sie endlich zuhause ankamen, waren sie total durchnässt und müde.

Ihre Mutter empfing die Kinder mit einem bösen Blick und den Worten: »Johanna, deck jetzt den Tisch. Euretwegen sind wir spät dran mit dem Abendessen!«

Manfred verzog sich in sein Zimmer und kam erst wieder, als das Essen auf dem Tisch stand.

»Heute war es nicht so toll im Schwimmbad«, erzählte er, »keiner meiner Freunde war da, und Johanna war nur im Wasser oder mit Sonja zusammen.«

»Das ist gar nicht wahr«, erwiderte Johanna, die förmlich spürte, dass sie gleich wieder beschimpft werden würde. »Ich war nicht die ganze Zeit mit Sonja zusammen, die musste ja schon um fünfzehn Uhr nach Hause, weil sie Ballettunterricht hatte.«

»Aber du hattest keine Zeit für mich«, sagte Manfred.

Johanna kochte innerlich vor Wut, denn sie und Manfred hatten abgemacht, dass sie zwar gemeinsam ins Freibad gehen, sich dann aber trennen würden. Schließlich hatten sie unterschiedliche Freunde und Interessen.

»Das war aber sehr egoistisch, doch von dir kann man nichts anderes erwarten«, sagte ihre Mutter. »Stell dir vor, deinem Bruder wäre etwas passiert. Er kann schließlich nicht so gut schwimmen.«

Johanna fühlte sich ungerecht behandelt. Sie unterdrückte die Tränen, die vor Wut in ihr hochstiegen. Als sie mit dem Abendessen fertig waren, wollte sie nur noch in ihr Zimmer.

»Du bleibst da und hilfst mir in der Küche!«, befahl die Mutter.

Jedes Wort triefte vor Bitterkeit und Verachtung. In den Augen ihrer Mutter stand Zorn, vielleicht sogar Hass, als sie Johanna durchdringend anstarrte, um diese nur durch ihre Willenskraft zum Schweigen zu bringen.

Trotzig erledigte Johanna die Aufgaben. Dann verschwand sie nach oben in ihr Zimmer und verließ es den ganzen Abend nicht mehr.

In der Schule lernte Johanna fleißig, das Einmaleins beherrschte sie inzwischen vor- und rückwärts. Die Kinder schrieben viele Aufsätze und lernten Gedichte auswendig. Zuhause übte sie Texte für Diktate. Sie brauchte etwas länger als Manfred, dem anscheinend alles wie im Traum zuflog.

Wenn Johanna ihre Hausaufgaben und die Arbeiten, die ihre Mutter ihr auftrug, erledigt hatte, spielte sie mit Dominik.

»Heute werden wir mal allen deinen Bären Namen geben. Es geht nicht, dass sie einfach nur Bären sind«, sagte sie zu Dominik. Ihr kleiner Bruder hüpfte vor Freude durch das Zimmer und machte Purzelbäume.

»Bring mal alle Teddys«, befahl Johanna, und Dominik zog ab in sein Zimmer. Von seinem Bett und vom Regal sammelte er die Bären ein. Johanna setzte sie alle in eine Reihe nebeneinander und fing an zu zählen.

»Eins, zwei, drei, vier – so viele Bären sind es.«

Dominik plapperte die Zahlen nach.

»Wie wollen wir sie nennen? Was meinst du zu Oskar?«

»Osar, Osar«, tönte es von Dominik und somit war Nummer eins Oskar.

»Das hier ist Theodor, und dann«, fügte Johanna nach einer kleinen Pause hinzu, »kommen Adrian und Melchior.«

Johanna lernte Dominik die Namen aussprechen, indem sie sie ihm so oft vorsagte, bis er es einigermaßen beherrschte. Dominik sammelte zufrieden seine Bären ein und lief mit ihnen wieder in sein Zimmer.

Bereits im November fiel 1964 der erste Schnee.

»Treffen wir uns doch gleich auf der Piste«, schlug Ritschi nach der Schule seinen Spielkameraden vor. Alle waren einverstanden.

Johanna holte gleich nach dem Mittagessen und den Hausaufgaben ihren Schlitten aus dem Keller und marschierte zur abgemachten Stelle. Was gibt es Schöneres?, dachte sie bei sich, und schon sah sie ihre Freunde am vereinbarten Treffpunkt warten.

31

Gemeinsam inspizierten sie die Schlittenbahn. Der Schnee lag sicher vierzig Zentimeter hoch und war ziemlich festgefahren. Es funkelte und glitzerte überall, und die Sonne ließ die gesamte Winterlandschaft in einem wunderschönen Licht erscheinen.

Plötzlich kam ein Schlitten angesaust. »Vorsicht, Bahn frei, Apfelbrei!«, warnten Claudia und Sonja, die darauf saßen.

Aber Johanna hörte es ebenso wenig wie Ritschi, der inzwischen neben ihr stand. Schon war der Schlitten bei ihnen und krachte in sie hinein. Alle vier kugelten zusammen den Hang hinunter. Der Schlitten sauste alleine weiter und knallte in einen Baum.

Niemand hatte sich verletzt. Sie sprangen auf und schüttelten den Schnee von ihren Kleidern.

»Glück gehabt«, meinte Claudia.

Sie holten ihre Schlitten und stapften den Berg wieder hinauf.

Johanna war sehr stolz, als sie im April 1965 in die vierte Klasse kam und der Unterricht mit weiteren Fächern, wie *Erdkunde und Chemie*, ergänzt wurde.

Die vierte und fünfte Klasse wurden zusammengelegt, denn es gab zu wenig Räume. Somit waren Johanna und Manfred gemeinsam in einer Klasse. Es wurde Abteilungsunterricht erteilt: Während der Lehrer den jüngeren Kindern etwas zu tun gab, unterrichtete er die Älteren.

Auch das Sportangebot wurde attraktiver. Bisher unbekannte Sportarten wie *Hoch- und Weitsprung, 100-Meter-Lauf* und *Schlagball* kamen dazu, die auf dem Sportplatz ausgeführt werden konnten. Eine Turnhalle gab es nicht.

Klassenlehrer Kahs, den die Kinder in der vierten und fünften Klasse zugeteilt bekamen, gefiel Johanna gar nicht. Kahs war dick und unbeweglich und hatte eine Glatze. Wenn er niesen musste, flog ihm immer sein Toupet vom Kopf. Jeden Morgen, wenn er mit seinem Moped angerauscht kam, munkelten die Kinder, dass das Gefährt unter seinem

32

Gewicht zusammenbrechen könnte. Nur mit Mühe kam er damit den Schulberg hoch. Den Jungen in der Klasse hatte er befohlen, ihn mit seinem Gefährt anzuschieben.

»Ich finde, unser Lehrer ist überhaupt nicht nett«, sagte Sonja zu Johanna und Claudia. »Der hasst Kinder. Das spüre ich.«

»Aber wieso unterrichtet er sie dann?«, fragte Claudia.

»Wir haben keine Wahl. Er wurde uns als Klassenlehrer zugeteilt!«

Eines Montags gab Johannas Mutter ihren Kindern in die Pause einen Rest Streuselkuchen vom Sonntag mit. Lehrer Kahs sah Manfred den Kuchen auspacken, und Johanna realisierte, wie Kahs das Wasser im Munde zusammenlief. Dieser blöde Fettkloß, dachte Johanna, jetzt nimmt er uns gleich mit irgendeiner fadenscheinigen Begründung das Pausenessen weg.

Aber nichts dergleichen geschah. Stattdessen starrte Kahs Manfred beschwörend an und sagte: »Wenn nur ein Krümel auf den Boden fällt, dann werde ich deine Schwester bestrafen.«

Manfred gab sich alle Mühe, vorsichtig zu essen, damit nichts runter fiel.

Vor den Strafen hatten alle Schülerinnen und Schüler Angst. Denn je nach *Vergehen* gab es mit dem Zeigestock fünf bis zehn Schläge auf die Hand. Dazu musste sich ein Kind vor die Klasse stellen und die Hände mit den Handflächen nach oben ausstecken. Der Lehrer ließ mit rasender Geschwindigkeit den Zeigestock auf die Hand knallen. Kahs machte keinen Unterschied, ob es ein Junge oder ein Mädchen war, alle Kinder mussten diese Strafen über sich ergehen lassen.

Als Johanna einmal mit drei Schlägen auf die linke Hand bestraft werden sollte, weil sie während dem Aufsatzschreiben gekichert hatte, stand ihr Bruder auf und sagte: »Das ist unfair, so viele Schläge für ein leises Kichern.«

»Wenn du noch ein Wort sagst, bekommst du auch drei«, antwortete Kahs.

Johanna ging nach vorne und streckte ihre rechte Hand aus. Kahs hob den Stock und ließ ihn runtersausen. Rechtzeitig zog Johanna ihre Hand zurück und der Stock traf ins Leere. Die ganze Klasse brüllte vor Lachen.

Kahs schrie Johanna wutentbrannt an: »Wenn du noch einmal wegziehst, dann bekommst du sechs Schläge!«

Johanna hielt still und spürte den Schmerz durch ihren ganzen Körper zucken, als der Stock ihre Hand traf. Sie ließ sich nichts anmerken. Danach stellte sie sich, wie befohlen, bis zum Rest der Stunde in die Ecke mit dem Gesicht zur Wand. Tränen liefen ihr die Wangen hinunter, sie war traurig und ihre Hände schmerzten. Das wirst du mir büßen, dachte sie.

Am Ende der Stunde ging Manfred zu Johanna, nahm sie an der Hand und zog sie mit nach draußen. Da warteten schon die Mitschüler, die Johanna bewundernd anschauten.

»Das hätte ich mich niemals im Leben getraut. Kahs habe ich noch nie so wütend gesehen«, sagte Katrine.

Johanna schmunzelte nur und machte sich mit Manfred auf den Heimweg.

»Bitte erzähle nichts davon zuhause«, bat Johanna ihren Bruder.

»In Ordnung«, antwortete Manfred.

Ein paar Tage später passte Johanna einen günstigen Moment ab und ging vor dem Ende der großen Pause ins Klassenzimmer. Die anderen Schülerinnen und Schüler und Lehrer Kahs waren noch auf dem Pausenplatz. Sie zog ein kleines Döschen aus ihrer Hosentasche, öffnete es vorsichtig und streute das Niespulver auf den Schreibtisch und den Stuhl von Lehrer Kahs. Dann ging Johanna leise wieder nach draußen. Sie erzählte niemanden etwas davon.

Die Deutschstunde hatte kaum begonnen, als Kahs bereits von ei-

34

nem Niesanfall nach dem anderen geplagt wurde. Johanna sah zu Manfred, zwinkerte ihm zu und vertiefte sich wieder in ihr Heft. Johanna ging gerne zur Schule, *Erdkunde* und *Sport* waren ihre Lieblingsfächer.

Oft gab Lehrer Kahs den Kindern einen Text zum Abschreiben und verließ das Klassenzimmer, um draußen im Gang eine Zigarette zu rauchen.

Eines Tages kündigte er an: »Heute habe ich etwas ganz Besonderes für euch.« Er klappte ein dickes Buch auf. »Ich werde euch eine Geschichte vorlesen. Aufgepasst!«

Nach einer Viertelstunde klappte er das Buch zu, sagte: »Ich gehe jetzt in die Pause, ihr bleibt sitzen und schreibt das nieder, was ich euch erzählt habe«, er watschelte zur Zimmertüre und verschwand.

Johanna spürte eine große Wut in sich aufsteigen.

»Wie unfair«, murmelte sie zur Klasse, »der geht in die Pause und wir nicht!«

Aber alle anderen, besonders ihr lieber Bruder, waren bereits in ihre Hefte vertieft.

In der Klasse war es mucksmäuschenstill. Johanna stand auf, verließ das Klassenzimmer und ging zur Toilette. Blöd, dass ich nicht aufgepasst habe. Was hat der nur vorgelesen?, dachte sie.

Noch blöder war, dass ihr auf dem Weg zum Klassenzimmer Kahs begegnete. Der schrie sie an: »Was machst du da? Du solltest doch im Klassenzimmer sein.«

»Ich musste mal austreten«, sagte Johanna, aber schon hatte Kahs ihr einen Schubs Richtung Klassenzimmertüre gegeben.

Johanna ging hinein, schloss leise die Tür und setzte sich an ihren Platz. Trotz aller Mühe, sich zu konzentrieren, fiel ihr nichts mehr ein. Manfred schob ihr einen kleinen Zettel mit Notizen zu. Uff, Glück gehabt, dachte sie und begann schleunigst, aus den Notizen Sätze zu bilden.

Der Klassenlehrer kam zurück, nach Zigarettenrauch und Schweiß stinkend, sammelte er die Hefte ein. Er warf Johanna einen bösen

35

Blick zu. Endlich läutete die Glocke zum Ende der Schulstunde. Alle Kinder rannten raus, nachdem Kahs die Tür geöffnet hatte.

Einen winzigen Moment lang blieb Johanna allein im Zimmer. Blitzschnell riss sie vom großen Wandkalender eine der hinteren Seiten heraus, zerknüllte sie und steckte sie in ihre Jackentasche. So, du blöder Affe, für alles, was du mir antust, werde ich mich ab sofort rächen!, dachte sie und schmunzelte, denn sie wusste, dass Kahs den Kalender wegen den schönen Bildern sehr mochte.

Draußen warteten bereits Johannas Bruder und andere Kinder, und sie machten sich auf den Heimweg.

»Mein Bauch knurrt«, sagte sie zu Manfred. Er reichte ihr einen Kanten Brot, das schob den Hunger auf und vertröstete sie auf die Mittagszeit.

Es duftete köstlich, als Johanna und Manfred um die Ecke bogen und die Balkontüre öffneten.

»Mama, ich verhungere fast«, sagte Johanna, und Manfred pflichtete ihr bei.

»Wir können sofort essen, es gibt Linsensuppe mit Würstchen und zum Nachtisch Schokoladenpudding«, antwortete die Mutter.

Manfreds Teller wurde randvoll geschöpft und obenauf zwei Würstchen gelegt, Johanna bekam eine kleinere Portion.

Am Mittagstisch wurde kaum geredet – das war unausgesprochenes Gesetz. Nur Dominik trommelte mit seinem Kinderbesteck auf dem Teller herum. Er konnte schon alleine essen, aber anschließend brauchte er eine Großreinigung.

Kaum waren sie fertig mit dem Essen, sprang Johanna auf und lief ans Fenster. »Michael und Jürgen sind draußen, ich sage ihnen, dass ich auch gleich rauskomme!«

»Du sagst gar nichts, zuerst gehst du mal in die Küche und machst den Abwasch. Anschließend wirst du deine Hausaufgaben erledigen!«, befahl die Mutter in strengem Ton.

36

Manfred stand auf und verließ das Esszimmer. Minuten später hörte Johanna, wie ihr Bruder das Radio in seinem Zimmer aufdrehte.

Als sie die Küche blitzblank aufgeräumt und geputzt hatte, setzte sich Johanna hinter ihre Hausaufgaben. Zum Glück war sie bald fertig und konnte nach draußen.

Mit Michael und Jürgen zog sie um die Häuser, und als auch noch Peter, Ritschi, Markus und Thorsten dazu kamen, hatte die Gruppe genügend Mitglieder, um *Räuber und Gendarm* zu spielen.

Räuber und Gendarm ist eine Mischung aus Verstecken und Fangen und taktisch sehr anspruchsvoll. Eine Runde kann bis zu einer Stunde und länger dauern.

Es werden zwei Gruppen gebildet, die Räuber und die Gendarmen. Die Gendarmen sind durch ein knallrotes Stirnband gekennzeichnet, damit die Räuber stets erkennen können, wen sie vor sich haben. Als Spielfeld benötigt man ein abwechslungsreiches Gelände aus großen freien Flächen mit vielen Winkeln und Verstecken. Jeder Mitspieler hat sich an die vereinbarten Grenzen zu halten, da eine Kontrolle oft nur schwer möglich ist.

Johanna sprach einen Abzählreim: »Eins, zwei, drei, vier, fünf, sechs, sieben, eine alte Frau kocht Rüben, eine alte Frau kocht Speck, und du bist weg.«

Die Gendarmengruppe bildeten Markus und Ritschi. Die übrigen waren die Banditen.

Johanna suchte in der Mitte einer Baustelle ein Gefängnis aus, dem sich die Räuber von allen Seiten nähern konnten, dabei aber unentdeckt blieben. Das Gefängnis selbst war ein kleiner, abgegrenzter Bereich, der genau festgelegt werden musste, denn die Gendarmen durften diesen nicht betreten.

Jetzt konnte das Spiel losgehen. Die Räuber bekamen einen zeitlichen Vorsprung, um sich in alle Richtungen zu verteilen und zu verstecken. Währenddessen zählte Markus, einer der Gendarmen, langsam bis dreißig und schrie dann: »Los!«

Die Gendarmen rannten los, um die Räuber zu suchen und zu einfangen. Dies geschah immer mit einem simplen Abschlagen. Durch den Ausruf »Hats!« wurde klar ausgesprochen, dass der Räuber gefangen war.

Thorsten erwischte es als erster, er wurde ins Gefängnis gebracht. Der Räuber Thorsten wurde durch einfaches Abschlagen des Räubers Jürgen wieder erlöst.

Für einen Gendarmen ist es kaum möglich, das Gefängnis ausreichend gut zu bewachen. Der Räuber kann nämlich durch dieses hindurch laufen, der Gendarm muss dabei immer Umwege um das Gefängnis nehmen. Erst wenn alle Räuber gefangen sind, ist das Spiel beendet.

Der Nachmittag ging viel zu schnell vorbei. Schmutzig und müde machte sich Johanna auf den Heimweg.

Nach dem Abendessen wurde Manfred gefragt, was er sich zum Geburtstag wünschte.

»Ich habe mir noch keine Gedanken gemacht«, antwortete er, »aber sicher wird mir noch etwas einfallen!«

»Ich wünsche mir einen Roller, dann kann ich die Straße runtersausen«, bemerkte Johanna.

Ihre Eltern sahen zu Manfred und meinten: »Wir dachten an ein Jahresabonnent deiner Lieblingszeitung, aber wir haben ja noch Zeit!«

»Ich habe vor Manfred Geburtstag«, mischte sich Johanna erneut ein, aber alle standen bereits vom Tisch auf. Unaufgefordert räumte Johanna das Geschirr ab und machte den Abwasch.

3. Im Kino

Komm kleiner Bruder, komm in meine Arme!«, bettelte Johanna.

Sie stellte Dominik vorsichtig auf seinen wackeligen Beinchen vor sich hin und ging in Hockestellung langsam rückwärts. Dominik warf die Arme nach oben und lief mit tapsigen Schritten auf Johanna zu. Sie fing ihn auf und lobte ihn überschwänglich.

»Was bist du doch ein großer Junge. Bald kannst du mitkommen und mit mir auf die Bäume raufklettern!«

Johanna gab Dominik einen Kuss auf die Wange und setzte ihn auf eine Decke. Obwohl sie damit Schelte von ihrer Mutter riskierte, weigerte sie sich, ihn in seinen Laufstall zu setzen. Denn dieser kam ihr wie ein Gefängnis vor.

Ein toller Herbstwind tobte.

»Wir werden am Samstag einen Drachen basteln«, sagte Johannas Vater beim Abendessen. »Bei diesen guten Wetterverhältnissen können wir ihn gleich steigen lassen.«

Wie versprochen wurde am darauffolgenden Samstagnachmittag ein Drachen gebaut. Die Kinder suchten mit ihrem Vater in der Werkstatt die Gegenstände zusammen, die sie benötigten. Der Tisch in der Waschküche diente als Arbeitsfläche.

Als Material für das Gestänge verwendeten sie Stäbe aus Holzresten, die vom Tapezieren übrig waren. Die eine Seite des etwa 80 Zentimeter langen Holzstabes war flach und die andere abgerundet. Ein kürzeres Holzstück wurde wie ein Kreuz daran gehalten, abgemessen und abgeschnitten und dann mit einem Gummiband befestigt. Als Bespannung diente ein Stück Packpapier, das Johanna vorher in allen Farben bemalte.

Die Kinder konnten es kaum erwarten, nach draußen zu gehen und den Drachen steigen zu lassen.

»Manfred, bitte montiere die Leine, dann sind wir fertig!«

Für die Leine verwendete Manfred eine sehr lange Nylonschnur, die auf ein circa 20 Zentimeter langes Stück Holz gewickelt wurde.

»Das ist wichtig, damit man sich mit dem Nylonfaden nicht in die Hand schneidet. Selbst der beste Drachenlenker vermeidet es, mit bloßen Händen unter Zug stehende Leinen zu halten«, erklärte ihr Vater.

Johanna fertigte den Drachenschwanz an. Dazu schnitt sie verschiedenfarbiges Seidenpapier in gleich große Stücke und faltete diese ziehharmonikamäßig zusammen. Sie befestigte die farbigen Papierstücke mit einer Schnur in gleichmäßigen Abständen am Ende des Drachens.

»Der Schwanz dient zur Stabilisierung, ohne ihn würde sich der Drachen sehr nervös verhalten und ständig zur Seite ausbrechen«, hörte sie den Vater sagen.

Endlich gingen sie auf das große Feld hinter dem Haus. Manfred wurde als Drachensteiger gewählt. Er hielt den Drachen so in den Wind, dass durch die Anströmung der Luft gegen das Drachensegel Auftrieb entstand. Dann ließ er das Segel los, und der Drachen stieg nach oben.

Johanna rannte mit der Nylonspule in der Hand so schnell sie konnte los. Bald darauf blieb sie stehen und sah fasziniert dem Drachen zu, der hoch oben in der Luft schwebte.

»Wow, wie schön«, schrie sie entzückt, und ihr Bruder und der Vater stimmten ihr bei.

Dominik stand an der Balkontüre und trommelte mit seinen kleinen Fäusten gegen die Glasscheibe. Er wäre auch gerne dabei gewesen, mutmaßte Johanna.

»Wenn wir zurückkommen, spielen wir Ball«, hatte Johanna ihm versprochen.

Obwohl es draußen inzwischen schon ziemlich kalt war, traf sich Johanna mit den Nachbarskindern zum Spielen.

Zu ihrer Jungen-und-ein-Mädchen-Clique kam in letzter Zeit vermehrt Irmgard dazu. Ihr machte es großen Spaß, Streiche auszuhecken.

Als Irmgard einmal vernahm, dass ein alter Nachbar ins Krankenhaus gekommen war, stibitzte sie dessen Obst von der Wiese, kochte Marmelade daraus und überreichte ihm ein paar Gläser, sobald er wieder zu Hause war.

Als Johanna ihrer Mutter davon erzählte, entgegnete diese augenzwinkernd: »Wenn ich gefragt werde, ich weiß von nichts!«

Ein andermal fuhr Irmgard mit ihrem Roller den Bürgersteig hinunter und streifte dabei einige Blumentöpfe. Ein Topf fiel um, und ein Stückchen Keramik splitterte ab. Irmgard stellte ihn so auf, dass die kaputte Stelle von vorne nicht zu sehen war und machte sich aus dem Staub.

»Was wollen wir heute machen?«, fragte Ralf und zog gelangweilt eine Grimasse. Er hatte eigentlich gar keine Lust zu spielen, aber er wusste auch sonst nichts mit sich anzufangen.

»Wollen wir Verstecken spielen?«

»Nein, nicht schon wieder, lieber Seilhüpfen«, protestierte Johanna und brachte ein etwa acht Meter langes Seil zum Vorschein. Das Seil gehörte ihr, und sie hütete es wie einen Schatz, denn es bedeutete ihr viel. Man konnte damit nicht nur Seilhüpfen, sondern auch auf alle Bäume raufklettern.

Die Jungs, Ralf und Ritschi, fassten je ein Ende des Seils, stellten sich circa acht Meter auseinander und fingen gleichzeitig an, das Seil im Uhrzeigersinn zu drehen. Irmgard musste aufpassen und die Sprünge mitzählen.

Sobald das Seil ruhige und gleichmäßige Runden drehte, sprang Johanna in die Seilmitte und begann zu hüpfen.

Alle vier riefen im Chor:

»Teddybär, Teddybär, dreh dich um. Teddybär, Teddybär, mach dich krumm. Teddybär, Teddybär, zeig deinen Schuh. Teddybär, Teddybär, wie alt bist du?«

Johanna schrie ganz außer Atem: »Neun!«

Nun musste sie noch neun Mal springen, ohne *ab* zu sein, das heißt ohne dass sie einen Fehler machte. Sehr leicht konnte man im Seil hängen bleiben und sich verfangen. Dann wurde entweder von neuem angefangen oder der Spieler ausgewechselt.

Endlich war wieder mal Montag, und Johannas Vater fuhr mit ihr und Manfred in die Stadt zum Schwimmunterricht.

Der Schwimmlehrer fragte Johanna, ob sie trainieren oder lieber Prüfungen ablegen wollte, die der Schwimmverein für verschiedene Disziplinen anbot.

»Ich glaube, du bist schon soweit«, sagte Herr Möller und erklärte Johanna die Regeln.

Das einfachste war das Freischwimmerabzeichen. Dafür musste Johanna 15 Minuten im tiefen Wasser schwimmen und einen Sprung vom Einmeterbrett wagen.

»Nichts einfacher als das«, sagte Johanna, und nachdem sie mit einem *Köpfer* vom Sprungbrett gesprungen war, hängte sie die Viertelstunde Schwimmen dran.

Eine Woche danach holte sie sich das Fahrtenschwimmerabzeichen. Dazu musste sie 30 Minuten Schwimmen und einen Sprung vom Dreimeterbrett machen.

Ganz stolz zeigte sie die Schwimmabzeichen zu Hause ihrer Mutter.

»Die kannst du dir aber selber an den Badeanzug nähen, ich habe dazu keine Zeit.«

»Aber ich weiß gar nicht, wie das geht«, sagte Johanna.

»Dann lernst du es eben«, antwortete ihre Mutter.

Im gleichen Winter erwarb Johanna den Leistungsschwimmer- und Jugendschwimmschein. Die verlangten Bedingungen, wie Streckenschwimmen, Schnellschwimmen, Rückenschwimmen, Ringtauchen und Mutsprünge, waren kein Problem.

»Wirklich schade, dass man so ein Talent verkümmern lässt«, hörte

42

sie im Vorbeigehen den Schwimmlehrer zu einem Kollegen sagen. Aber Johanna stieg schon wieder auf das Sprungbrett und machte einen Rückwärtssaldo. Im Wasser fühlte sie sich wohl, so dass sie immer traurig war, wenn der Montagskurs zu Ende war.

Die langweiligsten Nachmittage waren die, an denen Johanna nicht hinaus konnte. Etwa wenn sie wieder mal wegen irgendeiner doofen Strafe, die ihr die Mutter aufgebrummt hatte, zuhause bleiben musste. Oder wenn das Wetter mehr als schlecht war.

Auf dem Weg in ihr Zimmer blieb Johanna vor dem Spiegel im Flur stehen, fuhr sich mit den Fingerspitzen durch das widerspenstige Haar, schnitt eine Grimasse und drückte ihre Nase an den Spiegel, so dass sie einen Abdruck hinterließ.

Eine Fliege, die den Winter in den warmen Räumen überstanden hatte, flog in sinnlosen Kurven immer wieder gegen die Fensterscheibe.

Johanna nahm sich ein Karl-May-Buch aus dem Regal im Zimmer ihres Bruders. Bei ihr standen nur ein paar langweilige Mädchenbücher; die interessierten sie nicht.

Die Geschichten über Winnetou und Old Shatterhand faszinierten sie dagegen. Sie sammelte alles an Bild- und Fotomaterial, das sie über Pierre Brice finden konnte. Die Fotos klebte sie in ein eigens dafür gebasteltes DIN-A4-Heft, das sie mit möglichst schöner Schrift verzierte. Dieses Heft war ihr ganzer Stolz. Pierre Brice wurde ihr Traummann, sie schwärmte von ihm und malte sich aus, wie schön es sein würde, später mal so einen Mann kennen zu lernen.

Nachdem sie *Winnetou 1* gelesen hatte, wünschte sie sich zu Weihnachten die restlichen Bände.

»Was ist das nur für ein komisches Kind?«, fragte Johannas Mutter ihren Mann. »Wünscht sich Bücher, dazu noch Jungenbücher, anstatt eine Puppe oder Garn zum Sticken.«

»Lass sie nur, das kommt schon noch«, antwortete der Vater.

»Meine Mutter sagte immer, Lesen sei Zeitverschwendung. Wir hatten auch keine Bücher«, entgegnete Johannas Mutter.

Johanna sah das ganz anders. In jeder freien Minute, wenn sie nicht nach draußen konnte, lag sie in ihrem Zimmer auf dem Bett und las. Nachdem sie *Winnetou 2* gelesen hatte, ging ihr Vater mit ihr und ihrem Bruder ins Kino in der Stadt, um *Winnetou 3* anzuschauen.

Das erste Mal ihre Helden in Großformat zu sehen, war etwas ganz Besonderes für Johanna. Sie war überrascht und erschüttert, als sich Winnetou im dritten Teil schützend vor seinen Freund Old Shatterhand warf und von einer tödlichen Kugel getroffen wurde.

Auf der Heimfahrt im Auto fragte ihr Vater: »Johanna, warum bist du so still, hat dir der Film denn nicht gefallen?«

Johanna antwortete nicht, sondern versank nur noch tiefer in den Rücksitz. Ihre Gedanken kreisten um Winnetou. Wieso konnte so etwas passieren? Warum musste er sterben?

Kaum zuhause ausgestiegen, kam schon Dominik auf sie zu gerannt. Mit seinen kurzen, pummeligen Beinchen sah das so lustig aus, dass Johanna lächeln musste.

»Na, mein kleiner Spatz, was hast du denn alles gemacht in der Zwischenzeit?«

Dominik lallte ein paar unverständliche Sätze. Doch Johanna war mit den Gedanken schon wieder woanders.

Johanna war traurig, sehr traurig, fast krank. Sie konnte tagelang nichts mehr essen und war bleich und still. Sie lachte nicht mehr, sondern war nur ruhig und in sich gekehrt. Ihre Eltern machten sich große Sorgen.

»Sie geht auch nicht mehr raus zum Spielen. Das ist äußerst seltsam«, sagte Johannas Mutter. »Wenn das so weitergeht, müssen wir mit ihr zum Arzt.«

»Was könnten wir nur tun? Ich mache mir auch große Sorgen. Viel-

44

leicht hilft es ihr ein bisschen, wenn ich sie ablenke und nochmals mit ihr ins Kino gehe«, schlug der Vater vor.

»Das ist ein gute Idee, macht das mal«, antwortete Johannas Mutter und wandte sich wieder ihrer Handarbeit zu. Sie war dabei, für Dominik einen Pullover zu stricken.

Am nächsten Sonntag ging Johannas Vater mit seiner Tochter ins Kino, um den Film *Winnetou und das Halbblut Apanatschi* anzusehen. Er hoffte, Johanna ein wenig auf andere Gedanken bringen zu können.

Johanna traute ihren Augen kaum, als sie plötzlich Winnetou sah – und zwar lebend!

Sie war danach wie ausgewechselt. Glücklich nahm sie ihren Vater an der Hand, hüpfte um ihn herum und strahlte.

Ihr Vater sah sie staunend an und fragte: »Was hat dich denn die ganze Zeit so bedrückt?«

»In Teil drei ist Winnetou erschossen worden. Ich dachte, er sei richtig tot!«

»Wenn das alles nicht so traurig wäre, würde ich laut anfangen zu lachen«, sagte ihr Vater. »Du hast wirklich geglaubt, die Menschen in Filmen sterben richtig?«

»Ja, das dachte ich.«

»Da müsste es ja eine Unmenge an Schauspielern geben, und kein Mensch würde freiwillig zum Film gehen.«

»Hm, aber woher sollte ich denn wissen …?«

Der Vater nahm Johanna in die Arme und drückte sie ganz fest. »Mein kleines Seifepüppchen, das nächste Mal komm doch zu mir und frage mich einfach!«

»Ja, das werde ich«, versprach Johanna. Bei sich dachte sie: Winnetou ist der Mann, von dem ich immer geträumt habe.

Die Adventszeit fand Johanna immer sehr schön. Ihre Mutter schmückte das Haus, und es roch nach Plätzchen, Tannennadeln und Orangen. Von den Plätzchen durfte höchstens mal eines probiert werden, bevor sie in Blechdosen im hintersten Keller versorgt wurden. »Das Christkind muss sie zuerst segnen«, pflegte die Mutter zu sagen.

Das Weihnachtsfest 1965 nahte, und Johanna und ihr Bruder waren sehr aufgeregt. Schon nachmittags mussten sie wie immer nach oben.

Der kleine Dominik war erst zweieinhalb Jahre alt und ein richtiger Wonneproppen. Immer wenn ihn Johanna aus seinem Ställchen nahm, strahlte er. Und sie nahm ihn andauernd aus dem *Käfig*, wie Johanna das Laufgitter nannte. Manchmal stieg sie auch zu ihm hinein, und Dominik kletterte auf ihr rum.

»Dominik will auch fernsehen«, sagte Johanna zu ihren Eltern und rechnete schon mit einem Verbot. Doch zu ihrer Überraschung waren sie einverstanden.

»Ich bringe ihn gleich hoch zu euch«, antwortete Johannas Mutter.

Minuten später hörten sie einen furchtbaren Knall und das Geschrei Dominiks. Johanna rannte die Treppe hinunter und sah, wie der Kleine in den Armen seiner Mutter schluchzte. Offenbar hatte er sich den Kopf angeschlagen.

»Du musst besser aufpassen, wenn du aufstehst«, sagte die Mutter zu Dominik.

Johanna nahm Dominiks Teddy und ging zu ihm. Er neigte sich zu ihr, und sie nahm ihn entgegen. Augenblicklich hörte er auf zu weinen. »So ist es gut, ist doch nicht so schlimm«, tröstete sie ihn, und sie verließen das Wohnzimmer.

An den Weihnachtstagen hatten sie immer viel Besuch. Johannas Mutter machte anscheinend die viele Mehrarbeit nichts aus. Sie beschwerte sich nie und kochte wunderbares Essen.

Johannas Vater hatte zwei Schwestern und drei Brüder, die in der Stadt lebten. Alle Geschwister waren verheiratet und hatten Söhne. Johanna wurde schon allein aufgrund dieses Umstandes von allen Geschwistern des Vaters verwöhnt.

46

Johanna nahm ihre Cousins mit nach draußen in die Natur, kletterte mit ihnen auf Bäume und zeigte ihnen, wie man Steinschleudern bastelte. Diese Stadtkinder hatten keine Ahnung. Zuhause bekamen sie dann Schelte, weil sie schmutzig oder gar mit zerrissener Kleidung ankamen.

»Für Johanna ist das ganze Leben ein Abenteuer«, sagte ihre Mutter und kam damit den bevorstehenden Fragen der Schwägerinnen zuvor. »Sie ist am liebsten draußen und tollt mit den Jungs umher.«

Johanna sah betreten zur Seite und ging in die Küche, um sich die Hände zu waschen.

»Johanna, du siehst aus wie ein Kind, dem man die Süßigkeiten weggenommen hat!«, stellte ihre Tante fest, die sich gierig ein weiteres Stück Torte auf den Teller lud.

»Ist es denn so schlimm, dass ich gerne draußen bin?«, fragte sie.

Niemand antwortete ihr.

Nach Weihnachten fiel sehr viel Schnee. Solange Ferien waren, konnten die Kinder diese weiße Pracht täglich auszunutzen. Schon kurz nach dem Frühstück klingelte es an der Haustür, und Ritschi und Markus standen draußen. »Darf Johanna rauskommen?«, fragten sie im Chor.

»Sie ist bereits auf dem Weg«, antwortete Johannas Mutter und ging einen Schritt zur Seite, damit Johanna vorbeihuschen konnte.

Johanna trug die dicke Jacke von ihrem Bruder, die Mütze hatte sie tief ins Gesicht gezogen. Schal und Handschuhe steckten in ihren Taschen, denn sie wusste, dass sie lange draußen bleiben würde.

»Ich hole nur noch schnell hinterm Haus meinen Schlitten«, sagte sie. »Um sechs bin ich zuhause!«, rief sie ihrer Mutter noch zu, bevor sie um die Hausecke verschwand.

Sie machten sich auf den Weg zur *Todesbahn,* wie die berüchtigte, steile Piste, die vom Waldrand bis ins Dorf reichte, hieß. Tödlich verunglückt war aber noch niemand.

Ritschi zog gerne Johannas Schlitten den Berg hinauf, weil sie dann neben ihm lief und er ihre Hand halten konnte.

»Johanna, hast du schon einmal daran gedacht abzuhauen?«

»Was, wieso das denn?«

»Ich meine, einfach in einen Zug zu steigen, ohne richtiges Ziel?«

»Ich glaube, bei dir piepst wohl«, entgegnete Johanna, »wir sind doch hier zuhause!«

Gerade noch rechtzeitig konnten die beiden zur Seite springen, als ein Schlitten mit zwei Kindern zu Tal sauste.

Einige Wochen später hatten sie erneut Besuch aus der Stadt.

»Wie bist du aber groß geworden«, sagte Tante Hermine zu Johanna.

Was kann ich darauf nur antworten, dachte Johanna. Dieses sinnlose Geschwätz! Sie ging in den Garten, um den Verwandten zu entkommen und pflückte ein paar Schneeglöckchen.

Johanna war froh, als die Verwandten wieder die Heimreise antraten und sie mit ihrem Bruder *Bonanza* gucken konnte. Die Mutter nahm Rücksicht darauf und bereitete das Abendessen erst danach zu.

»Ihr müsst noch die Schultaschen richten«, sagte sie zu Manfred und Johanna.

Unverzüglich zogen die Kinder ihre Ranzen unter der Küchenbank hervor, putzten die Schiefertafeln und spitzten die Bleistifte. Manfred erneuerte den Einband vom Geografieatlas, und Johanna reinigte die Schwämme.

Rasch verging die Zeit und es roch nach Frühling. Die Abendsonne warf lange Schatten über den Rasen. Um die Wurzeln der alten Birke blühten Krokusse und bildeten Kreise aus leuchtenden Farben. Endlich konnte sich Johanna wieder stundenlang im Wald aufhalten, um Sträuße von Schlüsselblumen zu sammeln. Es waren ihre Lieblingsblumen, und die zarte gelbe Farbe erinnerte sie daran, dass der Sommer nicht mehr weit sein konnte.

48

Bei ihren Streifzügen durch die Wälder wurde sie manchmal von Maria und Claudia begleitet. Die Mädchen liefen unbeschwert und vergnügt umher und erzählten sich Geschichten.

»Übrigens, mein Bruder Klaus kommt im Herbst in die höhere Schule. Der hat so gute Noten, dass er in die Stadt zur Schule kann«, erzählte Claudia.

»Freut er sich denn?« fragte Johanna.

»Ja, sehr!« antwortete Claudia.

»Ich werde eine Lehre in Emsheim in einem Schuhgeschäft beginnen. Mein Onkel hat da eine Filiale, und er hat mich mal gefragt, ob ich bei ihm arbeiten wolle«, sagte Maria. »Und was machst du, Johanna?«

»Weiß nicht«, antwortete diese traurig, »aber ich habe ja noch zwei Jahre Zeit bis dahin.«

Unterwegs nach Hause pflückten sie weiterhin viele Schlüsselblumen, sie konnten sie beinahe nicht mehr in ihren Händen halten.

»Wir werden ein paar Sträuße in der Nachbarschaft verteilen«, schlug Johanna vor.

Ihre Freundinnen waren einverstanden.

Im Frühling 1966 kam für die Mädchen neu *Handarbeit* auf den Stundenplan. Frau Jost, die dieses Fach unterrichtete, war sehr streng und autoritär. Alles musste genau so gemacht werden, wie sie sagte, und wehe, man hielt sich nicht daran. Dominierend stand sie vor der Klasse, ein dünnes Gerippe in beigefarbener Rüschenbluse und grauem Faltenrock.

Der Rock ist ungefähr so faltig wie ihr Gesicht, dachte Johanna.

Mit dem Zeigestock in der rechten Hand klopfte Frau Jost nervös auf ihren Schreibtisch.

Im Handarbeitsunterricht waren nur Mädchen. Frau Jost hatte ihre Lieblinge, Johanna gehörte nicht dazu, wie sie schon bald feststellte.

»Bringt nächste Woche zum Unterricht zehn Knäuel Wolle der

Marke *Redel*, Farbe blau, Nr. 121, mit. Wer nicht in die Stadt fahren kann, um sie sich zu besorgen, kann sie auch bei mir bestellen. Wir werden einen Pullover stricken.«

Ganz aufgeregt erzählte Johanna beim Mittagessen von diesem neuen Handarbeitsprojekt. »Das wird toll, Mutti, dann lerne ich für mich einen Pullover stricken!«

Johannas Mutter schaute sie nur entgeistert an und sagte: »Es kommt nicht in Frage, diese Wolle ist zu teuer. Ich werde einen alten Pullover aufziehen, und diese Wolle kannst du dann verstricken, denn das wird sowieso nichts werden!«

Johanna wurde ganz blass im Gesicht, und Tränen stiegen ihr in die Augen. Wütend ging sie in ihr Zimmer, warf sich aufs Bett und heulte. Alle bekommen neue Wolle, nur ich nicht. Die anderen werden sich über mich lustig machen!, dachte sie.

Später nahm sie ein Buch zur Hand und begann zu lesen. *Der Schatz im Silbersee* lenkte sie ab. Sie ging nicht mehr nach unten, weder zum Abendessen, noch um Gute Nacht zu sagen, obwohl sie genau wusste, dass ihre Eltern großen Wert darauf legten. Bitter dachte Johanna bei sich: Sollen sie mich doch noch mehr schikanieren und mir zeigen, wie unerwünscht ich eigentlich bin.

Es kam, wie sie befürchtet hatte: Im Handarbeitsunterricht hatten alle Mädchen die richtige Wolle, nur Johanna kam mit ihrer gebrauchten roten Wolle an. Die Lehrerin musterte sie hochnäsig und gab Anweisung an alle Kinder, die Maschen anzuschlagen.

Nach der Stunde hatten alle Mädchen schon drei Zentimeter gestrickt. Johanna aber musste alles wieder aufziehen, weil ihre Maschenprobe ganz anders ausfiel. Da die rote Wolle viel dicker war als die der anderen, konnte das Muster nicht stimmen. Als Hausaufgabe zur nächsten Woche musste Johanna alles nachstricken.

Das Schuljahr war zu Ende, bevor Johanna auch nur einen Teil des Pullovers gestrickt hatte. Sie bekam die schlechteste Note der ganzen Klasse.

50

Johannas Vater ging auch in diesem Sommer mit seinen drei Kindern ins Freibad. Er fuhr mit ihnen in eine größere Stadt mit riesigen Sportanlagen. Ihre Mutter blieb wie immer zuhause.

»Mit einem Stück Ehemann und drei Stück Kindern ist mir das zu anstrengend«, pflegte sie zu sagen.

Im Schwimmbad gab es ein fünf Meter hohes Sprungbrett. Als Johanna das entdeckte, wollte sie unbedingt da hinauf.

Ihr Vater war skeptisch. »Kind, das ist sehr hoch, und guck mal, da getrauen sich nur die Jungs!«

»Das ist mir doch egal. Ich steige die Treppe hoch und springe da runter«, antwortete Johanna. Insgeheim dachte sie: Ich bin ein halber Junge, aufgewachsen unter Brüdern und nur Jungs in der Straße zum Spielen.

»Da kommen wir alle zugucken«, antwortete der Vater.

Beherzt stieg Johanna die schmale Steintreppe hinauf und spürte, wie ihre Knie immer weicher wurden. Sie wartete, bis alle Kinder vor ihr runtergesprungen waren, nahm einen tiefen Atemzug und lief los. Sie winkte kurz ihrer Familie zu, dann sprang sie kerzengerade hinunter.

Wow, war das toll!, dachte sie bei sich, während sie zum Beckenrand schwamm. Sie stützte sich ab und war mit einem Sprung aus dem Wasser.

»Das war klasse. Später werde ich noch mal springen«, sagte sie zu ihrem Vater.

Nebenan gab es einen sieben Meter hohen Sprungturm, auf dem keine Leute waren.

Ihr Vater sagte: »Wenn du da runterspringst, bekommst du fünf Mark von mir!«

Das ist schon ein bisschen höher, dachte Johanna. Aber trotzdem, das kriege ich hin. Ohne noch weiter zu überlegen, stieg Johanna auf den Siebenmeterturm und sprang hinunter. Das versprochene Geld bekam sie sofort ausgehändigt. Sie spendierte ihren Brüdern und ihrem Vater ein Eis und steckte das restliche Geld in ihre Tasche.

Ihr Vater erzählte zuhause stolz, dass seine Tochter zur Belohnung fünf Mark bekommen habe, weil sie vom Siebenmetersprungbrett gesprungen war.

Der Sommer war sehr heiß. Johanna und ihr Bruder verbrachten die Sommerferien fast nur im Schwimmbad. Sie mochte es, mit den anderen Kindern im Wasser rumzutollen, nach Ringen zu tauchen und vom Sprungbrett zu springen.

»Hey, Sonja, das ist aber toll, dass du auch hier bist! Wollen wir *Fangen* im Wasser spielen?«

»Später«, sagte Sonja und flüsterte verschwörerisch: »Ich muss dir etwas sagen, Johanna. Komm, wir setzen uns dort auf die Bank!«

»Was ist denn passiert? Du siehst aus, als ob du eine Maus verschluckt hättest.«

»Ich habe vorhin einen Zehnmarkschein gefunden und ihn einfach eingesteckt. Ich müsste ihn doch eigentlich an der Kasse abgeben, oder was meinst du?«

»Was, soviel Geld? Ja, klar musst du das abgeben«, antwortete Johanna.

»Aber glaubst du, die Person, die das verloren hat, meldet sich? Und was, wenn der Bademeister das Geld einfach selber einsteckt? Wir könnten uns Eis kaufen, eine Cola, eine Wurst und hätten immer noch viel Geld übrig«, rechnete Sonja vor.

Diese Sonja, die es fertig brachte, alles Unangenehme wegzuschieben – ja, warum sollen wir das Geld nicht einfach behalten?, dachte Johanna.

»Ehrenwort, das bleibt unter uns! Ich bin dabei. Auf zur Würstchenbude«, kicherte Johanna.

52

4. Was wird aus Johanna?

Johannas zwölfter Geburtstag nahte. Sie wünschte sich nichts sehnlicher als ein Fahrrad und einen weißen Bikini. Ihre Mutter sagte, dass sie den Bikini erst bekommen würde, wenn sie *was für rein* hätte. Johanna war misstrauisch und glaubte ihrer Mutter nicht, dass sie das Versprechen wirklich einhalten würde. Deshalb schrieb die Mutter mit großer Schrift auf einen Zettel: *Ein weißer Bikini zum 15. Geburtstag.* Dieses Schriftstück bewahrte Johanna in ihrer Nachttischschublade auf.

An ihrem Geburtstag durfte sie wieder ein paar Kinder einladen. Zusammen mit Oma und Tanten war der Tisch rundum besetzt.

Auch ihre Patin kam zum Kaffeetrinken und Kuchenessen und brachte wie immer das gleiche Geschenk mit. An Weihnachten und Geburtstagen gab es ein Messer, eine Gabel, einen Suppenlöffel und einen Kaffeelöffel aus Silber von WMF. Dieses in Seidenpapier eingewickelte Besteck fand Johanna zwar schön, konnte aber überhaupt nichts damit anfangen. Ihre Mutter versorgte es in einer Schachtel zuoberst im Kleiderschrank. Es hieß, das sei für die Aussteuer! Jedes Mal bekam sie von ihrer Patin ein Buch oder eine andere Kleinigkeit dazu geschenkt.

Diese Geburtstage waren immer ganz schön. Aber es fiel Johanna schwer, länger als eine Viertelstunde still am Tisch zu sitzen.

Schon lange hatte der Vater seinen Kindern versprochen, mit ihnen eine Seifenkiste zu bauen. Das Material dazu lag im Keller bereit. Am Wochenende vor den Herbstferien fingen sie an.

»Schraube du schon mal die Räder von Dominiks altem Kinderwagen ab!«, schlug der Vater seinem Sohn vor.

Johanna und ihr Vater schnitten unterdessen das Holz für die Karosserie zurecht.

»Ich male die Seifenkiste knallrot an«, sagte Johanna, »das wird ein richtiger Ferrari.«

Auch Dominik half mit, indem er einfach nur im Weg rum stand.

Zwei Wochen lang bauten sie an der Seifenkiste. Das Resultat war beeindruckend. Ganz stolz fuhren sie den »Ferrari« auf die Straße und drehten Runden. Im Nu waren viele Kinder versammelt und bestaunten die Seifenkiste.

Weihnachten stand vor der Türe. Dominik war bereits dreieinhalb Jahre alt und ein süßer kleiner Kerl. Johanna schleppte ihn oft mit sich herum und spielte stundenlang mit ihm. Auch Dominik mochte seine Schwester. Johanna spürte das vor allem daran, dass er laut aufheulte, wenn man mit ihr schimpfte oder die Mutter sie anschrie.

Johanna bastelte für Dominik eine kleine Pfeife aus Holz. Im Wald hatte sie ein geeignetes Stück gefunden, ungefähr zehn Zentimeter lang und mit einem Durchmesser von etwa drei Zentimetern. Der Vater zeigte ihr, wie sie das Schnitzmesser richtig in der Hand halten musste, damit sie sich nicht verletzte.

Wieder einmal schüttelte ihre Mutter den Kopf, als Dominik sein Päckchen mit der Pfeife am Heiligabend aufriss. Ihr Mund war ein schmaler Strich. In letzter Zeit presste sie oft die Lippen aufeinander, als wären sie mit einem Magnet versehen.

»Dieses Mädchen bringt mich noch zur Verzweiflung!«, klagte sie. »Wieso schnitzt sie aus einem Stück Abfall was zurecht? Wieso interessiert sie sich nicht dafür, wie man kocht, näht oder putzt?«

Johannas Vater gab keine Antwort.

Die letzten Schuljahre verbrachte Johanna im Nachbarort Emsheim in einer Mittelpunktschule. Die Mädchen und Jungen, die auf keine höhere Schule gehen durften oder konnten, wurden hier zusammengenommen und unterrichtet. Die Fächer *Französisch* und *Kochen* kamen

54

ergänzend dazu, und ein älteres Lehrerehepaar namens Kurz unterrichtete die Klasse.

Johannas Bruder ging auf ein Gymnasium in der Stadt.

Mit Irmgard, die in der gleichen Straße nur zwei Häuser unterhalb Johannas Elternhaus lebte, verstand sich Johanna sehr gut, trotz des zweijährigen Altersunterschiedes. Manchmal ist es besser, eine Freundin zu haben, dachte Johanna, mit ihr kann ich andere Dinge besprechen als mit den Jungs.

Irmgard absolvierte eine kaufmännische Ausbildung in der Stadt. Am Abend besuchte sie Johanna, und die beiden erzählten einander von den Tagesereignissen, tauschten Geheimnisse aus und sprachen von den Jungs, die sie interessierten.

Eines Morgens wollte Johannas Mutter wissen: »Warum ist Irmgard so unfreundlich? Sie grüßt nicht, wenn ich ihr auf der Straße begegne.«

»Ich glaube, sie ist sehr schüchtern.«, antwortete Johanna.

Im Sommer fand Johanna Abwechslung und Entspannung in ihrem Element, dem Wasser. Sie war weiterhin im Schwimmverein und ging regelmäßig ins Training. Schon lange schwamm sie Bestzeiten und schlug die Jungen um Sekunden. In diesem Sommer trainierte sie für das *DLRG*-Abzeichen (Deutsche Lebensrettungsgesellschaft), um ihre Sammlung von kleinen Auszeichnungen zu vervollständigen.

Ritschi, der Nachbarjunge, mit dem sie aufgewachsen war, hatte im Herbst 1969 einen Ausbildungsplatz zum Fotografen in der Stadt in Aussicht. Er freute sich sehr darauf, wie er Johanna eines Abends erzählte.

»Weißt du, dann kann ich mich mit Freunden in der Stadt treffen und mich ans Ufer der Saar legen und träumen!«

»Ich freue mich ja so für dich«, antwortete Johanna und gab Ritschi einen Kuss auf die Wange.

Bald war Sylvester. Die Eltern von Johanna und Ritschi verbrachten diesen Festtag jedes Jahr zusammen und feierten bis in die Morgenstunden. Diese Partys waren immer ein Spektakel, denn nach Mitternacht trafen sich die Nachbarn auf der Straße, stießen auf das neue Jahr an und wünschten sich gegenseitig alles Gute.

Ritschi und Johanna interessierten sich schon seit längerer Zeit für andere Dinge. Sie schlichen davon und schmusten hinter einer Garage.

»Du bist das schönste und liebste Mädchen, das ich je getroffen habe«, sagte Ritschi und zog Johanna ganz nahe zu sich heran.

Johanna wurde unruhig und befreite sich aus seinen Armen. »Wir müssen langsam zu den anderen zurück, sonst fällt auf, dass wir nicht da sind«, sagte sie.

»Klar, komm, gehen wir!«

Das Lehrerehepaar Kurz wollte den Kindern etwas ganz Besonderes bieten, und deshalb planten sie im Juni 1969 eine Abschlussreise in die Schweiz, nach Gersau an den Vierwaldstätter See. Die Kinder mussten sich vorher mit der Geografie der Schweiz vertraut machen. Herr Kurz gab den Schülern einige Unterlagen und zeigte ihnen Bilder von der Landschaft.

»Der Ort Gersau als kleinste Gemeinde des Kantons Schwyz am Südhang der Rigi ist direkt am See gelegen. Dieser Lage verdankte Gersau sein mildes Klima und seinen Ruf als *Riviera der Zentralschweiz*«, ergänzte er.

Die schöne Kindheit war mit einem Schlag vorüber, als es hieß: »Wir müssen eine Lehrstelle suchen!«

»Leider gibt es keine große Auswahl an geeigneten Berufen und Betrieben, Johanna!«, hörte sie ihre Mutter sagen.

Es standen nur Berufe wie Friseuse, Krankenschwester und Schneiderin zur Auswahl, nichts weiter. Die beiden ersten Berufe konnte sich Johanna gar nicht vorstellen, weil es ihr davor graute, Menschen anfassen zu müssen.

56

Im Juli 1969 fuhren Johannas Eltern mit ihr nach Saarbrücken zur Grossherzogstraße und betraten eine kleine Schneiderei. Es roch muffig, und die Luft war stickig.

Johanna und ihre Eltern warteten. Dann trat eine sehr große und gut gekleidete Dame – sie kam Johanna steinalt vor – in den fensterlosen Raum. Sie begrüßten einander höflich.

Johanna vernahm die gegenseitigen Fragen und Antworten wie in Trance. Irgendwo saßen noch ein oder zwei Personen gebückt an einer Näharbeit.

»Sie ist zu verträumt!«, war die Antwort, die jegliche Aussicht auf diese Lehrstelle mit einem Schlag zunichte machte. Die Schneidermeisterin wünschte Johannas Eltern alles Gute und würdigte Johanna mit keinem Blick.

Johanna spürte, dass sich Angst breit machte. Ihre Eltern schienen ratlos.

»Finden wir noch eine Lehrstelle für sie? Wo könnten wir sonst noch nachfragen?«, überlegte der Vater laut.

Johanna saß hinten im alten Renault ihrer Eltern und kam sich vor wie eine Marionette. Schön und stumm, die Fäden hielten andere in der Hand.

Tailor Hoff, die angesehenste Kleiderfabrik der Stadt, war das zweite Ziel.

»Guten Tag, wir würden gerne mit dem Personalchef sprechen«, sagte Johannas Vater.

»Einen Moment, bitte«, antwortete die Empfangsdame oder Telefonistin. Welch ein langer Moment!

Endlich trat ein älterer Herr namens Hess, schick gekleidet, leicht untersetzt, zu Johanna und ihren Eltern an den Eingang. Was ihm an Haar noch geblieben war, lag nass und streng zurückgekämmt am Kopf.

Ohne große Umschweife sagte er: »Schade, ich hätte sie wirklich gerne genommen, aber wir haben bereits 14 Lehrlinge.«

57

»Ist da gar nichts mehr zu machen?«, hörte Johanna ihre Mutter fragen.

»Tja, wenn ich wüsste, ob einer der angemeldeten Lehrlinge ausfällt«, antwortete Herr Hess, »dann könnten wir Johanna einstellen.«

»Unsere Tochter würde gerne nähen lernen. Können Sie uns eine andere Firma empfehlen?«, fragte die Mutter.

»Es gibt da noch eine Herrenkleiderfabrik, Konkurrenz von *Tailor Hoff*, in schlechtem Ruf stehend, bekannt für qualitativ minderwertige Arbeit und schon etwas in die Jahre gekommen«, erklärte ihnen Herr Hess. »Vielleicht stellen die Lehrlinge ein.«

»Vielen Dank, dass Sie sich Zeit genommen haben«, sagte Johannas Vater und reichte Herrn Hess die Hand.

Auch Johanna und ihre Mutter bedankten sich, bevor sie alle drei wieder nach draußen zum Parkplatz gingen.

»Hoffentlich kriegen wir sie da unter«, sagte Johannas Mutter zu ihrem Mann. »Ich habe keine Lust, noch weiter in der Gegend herumzufahren.«

Johanna traten Tränen in die Augen, und sie versank im Rücksitz. Ihr war inzwischen völlig egal, was passierte.

Sie fuhren zur Firma *Weber*, der dritten Station an diesem Nachmittag.

Der Vater ging voraus und trat zum Empfang: »Guten Tag, wir würden gerne den Lehrlingsverantwortlichen sprechen, bitte.«

»So was haben wir hier nicht«, flötete eine zierliche Blondine mit französischem Akzent. »Aber ich kann Herrn Weiland rufen.«

Es dauerte keine Minute, und Herr Weiland erschien.

»Wir suchen eine Lehrstelle für unsere Tochter! Gibt es bei Ihnen eine freie Stelle?«

»Wir stellen nur Hilfsarbeiterinnen, die im Akkord arbeiten, ein. Aber warum nicht – wir können mal eine Ausnahme machen, wir hatten schon zehn Jahre keinen Lehrling mehr.«

Nachdem dieser Herr Weiland und Johannas Vater einige Formalitäten geklärt hatten, verabschiedeten sie sich.

58

»So, Johanna, nun hast du eine Lehrstelle!«, sagte ihr Vater stolz.

Johanna war wie gelähmt. Und ich?, dachte sie. Niemand fragte mich: »Willst du?« Alle laberten nur. Ab hier und heute der Lehrling! Scheiße!

Abends im Bett weinte Johanna. Sie fühlte sich elend und verlassen. Irgendwann schlief sie ein.

Damals wusste sie noch nicht, dass sie nun jeden Abend weinen würde.

Als sie am folgenden Tag am Frühstückstisch saß, sagte ihr Vater: »Nun beginnt der Ernst des Lebens!«

»Wenn das Leben so ernst ist, dann passe ich nicht hinein«, antwortete Johanna.

Ritschi machte Johanna Sorgen, weil er manchmal LSD nahm. Diese Droge bekam er von einem seiner Bekannten in der Stadt. Ritschi war unzufrieden in seiner Lehre als Fotograf. Vielleicht hatte er auch noch andere Schwierigkeiten.

An einem lauen Sommerabend im August diskutierten sie lange und hörten die neueste Langspielplatte der Rolling Stones im Partykeller von Ritschi.

»Weißt du, das Leben ist ganz große Scheiße. Ich habe schlechte Noten, und ich schaffe vielleicht die Abschlussprüfung nicht«, sagte Ritschi.

»Wie kannst du so etwas behaupten? Du bist ja erst am Anfang deiner Lehre«, widersprach Johanna.

»Ich sehe diese Arschkriecher von Strebern, diese Leute, die tagtäglich um die gleiche Zeit in den Bus steigen – es ödet mich an! Alle tun sie so wichtig, und sie prahlen mit ihren Leistungen im Job!«

Johanna hörte Ritschi aufmerksam zu, sie konnte ihn so gut verstehen.

»Ritschi, da musst du durch, du hast dich für diese Lehrstelle entschieden! Für mich haben andere entschieden. In zwei Wochen beginne ich eine Lehre, die mich nicht interessiert. Aber ich habe keine

59

Wahl. Kannst du dir vorstellen, wie ich einen Faden einfädele, um einen Knopf anzunähen? Ich, der es egal ist, wenn irgendwo ein Knopf fehlt? Ich frage mich immer wieder, warum ich eigentlich auf dieser Welt bin, was das Ganze soll. Ich weine viel, aber das erfährt niemand. Trotzdem nehme ich kein LSD!«

I can get no satisfaction, dröhnte es im Hintergrund.

Ritschi sah Johanna mit großen Augen an und zog sie in seine Arme. »Du bist meine kleine Freundin«, flüsterte er ihr ins Ohr.

An einem schönen, milden Herbstabend verabredeten sich Johanna und Ritschi, um spazieren zu gehen. Irmgard gab Johanna ein Alibi. Hand in Hand gingen sie Richtung Waldrand.

Im hohen Gras zog Ritschi eine Flasche Sekt unter seiner Jacke hervor und öffnete sie.

»Leider habe ich keine Gläser dabei, für die hatte ich keinen Platz mehr«, erklärte Ritschi.

Doch Johanna sah ihn nur an und meinte: »Das macht doch nichts, wir können aus der Flasche trinken.«

Sie küssten sich, genossen die Abendstimmung und waren glücklich.

Als es bereits anfing dunkel zu werden, meinte Ritschi: »Wir müssen langsam aufbrechen, sonst kriegst du Probleme.«

Sie machten sich auf den Heimweg.

»Wir trennen uns besser schon mal hier oben«, meinte Ritschi. »Johanna, ich liebe dich!« Er küsste sie noch einmal und lief hinter den Häusern zurück.

Johanna schlich zuhause die Kellertreppe hinunter. Sie hoffte, von ihren Eltern nicht gesehen zu werden. In der Waschküche konnte sie ihre Schuhe putzen.

»Wo kommst du her?«

Johanna erschrak fürchterlich, als plötzlich die Mutter aus dem Dunkeln auftauchte.

60

»Ich will es wissen, sag es mir!«

Kann die hellsehen? Wieso steht sie ausgerechnet jetzt da im Keller?, dachte Johanna.

Das folgende Schweigen war gespannt wie ein Drahtseil. Johanna machte sich bereit, vorsichtig darüber hinweg zu balancieren, als sei sie eine Zirkusartistin.

»Ich war spazieren«, antwortete sie, bückte sich und zog ihre schmutzigen Schuhe aus.

Ihre Mutter beobachtete sie mit zornigem Blick. »Du sollst doch nicht so spät nach Hause kommen. Du hast anderes zu tun, als dich draußen herumzutreiben!«

Johanna ging hinauf in ihr Zimmer und knallte die Tür zu. Sofort drehte sie die Musik laut auf. Zu *Penny Lane* von den Beatles ließ Johanna sich aufs Bett fallen und schloss die Augen.

Schon stand wieder die Mutter an der Tür und befahl ihr, die Musik leiser zu stellen.

Johanna konnte ihre Tränen nicht mehr zurückhalten. »Zeige mir von jedem von uns, der Lärm macht, einen von euch, der im Stillen gut ist!«, antwortete sie.

5. Der einzige Lehrling

Am 1. September 1969 begann Johannas Lehre bei der Firma *Weber* im Nachbarort Fetschingen.

Als sie aus dem Bus stieg, nahm sie einen tiefen Atemzug. Es schmeckte nach Herbst.

Das passt zu meinem jetzigen Leben, dachte Johanna.

Pünktlich um acht Uhr stand sie in einem großen Büro. Jeder der anwesenden Herren hatte was zu sagen, nur ein Einziger wusste, wer sie war. Johanna erkannte Herrn Weiland, der damals zum Empfang gekommen war, als sie sich mit ihren Eltern vorgestellt hatte. Anscheinend hatte er es versäumt, die anwesenden Herren zu informieren.

Die Männer verhandelten und entschieden schließlich, wo man Johanna zuerst anlernen könnte.

»Es wird wohl das Beste sein, wenn der Lehrling erst die *Zuschneiderei* kennenlernt«, sagte ein dunkelhaariger, großer Mann mit einer Brille auf der Nase.

»Komm mit Johanna, ich zeige dir, wohin du gehen musst«, sagte Herr Weiland und hielt Johanna die Tür auf.

Mit einem Firmenauto wurde Johanna ins nächste Dorf gefahren, wo sich die *Zuschneiderei* befand.

Ihr erster Chef, Herr Wallacher, kam auf sie zu. Johanna fand ihn hässlich, er war dick und stank nach Schweiß. Der kann Lehrlinge ausbilden?, fragte sie sich insgeheim.

Zwei Mädchen aus Johannas Grundschule arbeiteten als Hilfsarbeiterinnen hier, gleich jung und gleich gescheit. Diese Arbeiterinnen waren monotoner, lärmintensiver Arbeit im Akkord ausgesetzt, ihre ruckartigen Bewegungen glichen Robotern. Die Angestellten, die bereits jahrelang die gleiche Arbeit machten, hatten entsprechende Haltungsschäden bekommen, stellte Johanna sofort fest. Ich bin aber

62

doch etwas Besonderes, dachte sie, denn ich bin das Lehrmädchen. Ich muss sicher nicht wochenlang an der gleichen Maschine sitzen.

Bei ihrer Arbeit in der Abteilung, in der die Stoffe für Herrenanzüge zugeschnitten wurden, geschah alles maschinell. Die Stoffe wurden lagenweise aufeinander gelegt, Schablonen wurden aufgedrückt. Sobald der Arbeiter einen roten Knopf betätigte, senkte sich die große Stanzmaschine auf den Stoff und stanzte ihn aus wie Johannas Mutter an Weihnachten die Plätzchen.

Danach wurden die Stoffteile in große Plastikkisten verteilt und zum Etikettieren weitergegeben. Auf den rechteckigen Etiketten standen Laufnummer, Größe, Farbe und Schnitt. Die weißen Papierchen wurden ebenfalls durch eine Maschine auf den Stoff gedrückt. Der Lärm in dieser Halle war nahezu unerträglich.

Die stupide Arbeit an der Etikettiermaschine musste Johanna vier Wochen lang machen. Sie brauchte für deren Verrichtung kein bisschen Intelligenz.

Wegen des Lärms der Maschinen hörte Johanna nicht, wie Herr Wallacher neben ihr erschien. Sie erschrak heftig.

»Du musst doch nicht erschrecken, meine Süße«, lispelte der Dicke. »Ich habe hier den Lehrvertrag, den du noch unterschreiben musst, es wird langsam Zeit!«

Ich kann mich nicht davor drücken, dachte Johanna.

Insgeheim hoffte sie auf ein Wunder. Aber nichts geschah, es gab keinen Ausweg zu entkommen. Und so unterschrieb sie als letzte, jeder hatte schon seinen Namen und Titel daruntergesetzt.

Johanna freundete sich mit der Hilfsarbeiterin Ingrid an. Sie war aus einem Nachbardorf, ein zierliches, blondes Mädchen, das gerne lachte und Witze erzählte. Ingrid wollte mit dem verdienten Geld ihre Abendkurse in Stenografie und Schreibmaschine bezahlen.

Hätte ich das nicht auch machen können? Ich wusste gar nicht, dass es so was überhaupt gibt, dachte Johanna.

Eines Tages hörte sie, wie der Vorarbeiter zu seinem Chef am Telefon sagte: »Ja, ich komme schon klar mit den beiden blonden Mädchen. Johanna arbeitet flott und gewissenhaft, aber sie nervt die ganze Zeit mit ihren Fragen. Ingrid ist langsam und träge.«

Da fühlte sich Johanna als etwas! Wenn auch nur als jemand, der diese stupide Arbeit schneller ausführte.

Ab Oktober war Johanna an der Berufsschule in Saarbrücken angemeldet. Der Besuch dieser Schule hatte in der Ausbildung hohe Priorität. Jedes Mal musste sie von Lehrer, Lehrmeister und Vater die Teilnahme am Unterricht durch deren Unterschrift bestätigen lassen.

Johanna genoss die Abwechslung und freundete sich rasch mit ihren Mitschülern an.

Die Tage wurden kürzer und kühler, der November brachte sehr viel Regen.

Guy, ein Grenzgänger, war Johanna schon vor einiger Zeit aufgefallen. Er war der einzige unter den Leuten an den Fließbändern, der fröhlich war, immer lachte und vor sich hin sang. Er war auch stets höflich und hilfsbereit.

Er muss etwa im gleichen Alter wie ich sein, dachte Johanna und lächelte ihn an.

Guy war groß und schlank und hatte dunkelbraune Augen. Seine schwarzen Haare fielen ihm auf die Schultern. Er trug enge Jeans und ein schwarzes Hemd.

Sie fand, dass er unheimlich gut aussah und beschloss, ab sofort seinen Blicken nicht mehr auszuweichen.

Guy beobachtete Johanna, wie sie die Stoffe mit den Etiketten kontrollierte und in Kisten verpackte. Sie war immer noch dort eingeteilt, weil eine Arbeiterin krank war.

Plötzlich stand er neben ihr, um ihr die schweren Kisten abzunehmen.

64

»Wie heißt du?«, fragte er schüchtern und stellte die Kiste auf das Förderband.

»Ich bin Johanna«, antwortete sie.

»Du bist mir von Anfang an aufgefallen, ich finde, du bist sehr hübsch«, sagte Guy.

Johanna spürte, wie sie errötete und drehte sich weg.

Als das Klingelzeichen zur Zehnuhrpause ertönte, fragte Guy: »Johanna, kommst du mit nach draußen?«

Die beiden gingen an die frische Luft und setzten sich auf eine Mauer.

»Woher kommst du?«, fragte Johanna und wickelte das mitgebrachte Brötchen aus.

»Ich wohne gleich auf der anderen Seite der Grenze, in Sarreguemines, bei meinen Eltern und mit zwei kleinen Schwestern zusammen. Und du?«

Auch Johanna erzählte, woher sie kam.

Nach einer Viertelstunde läutete es wieder zum Arbeitsbeginn. Sie verabredeten sich zur Mittagspause, die eine halbe Stunde dauerte. Da teilten sie sich eine Cola und aßen ihre mitgebrachten Brote.

Guy wurde ihr Freund, ihr Pausenfreund, denn nur in den Pausen konnten sie miteinander reden. Während der Arbeitszeit war jegliche Konversation untersagt.

Guy interessierte sich für alles, was Johanna erzählte.

Es dauerte nicht lange, und im Betrieb wurde über die beiden geredet. Man nannte sie das Traumpaar. Guy und Johanna arbeiteten wie in einem Team zusammen. Er brachte sie immer wieder zum Lachen.

Eines Tages kam Guy nicht mehr zur Arbeit. Man munkelte, dass er nach Fetschingen in die *Bügelei* versetzt worden sei. Es war unmöglich, ihn zu finden. Sie konnte ihn nicht anrufen, private Telefonate waren strengstens verboten, und keiner der Franzosen oder Firmenbusfahrer, die sie fragte, hatten Guy gesehen. Johanna sah Guy nie wieder.

Sie ging ungern zur Arbeit, denn sie vermisste Guy. Ein anderer Franzose erledigte seine Arbeit.

Ingrid kündigte und nahm den Job an, den sie bei einer Versicherung in Aussicht gehabt hatte. Die Auflage, einen Stenografie- und Schreibmaschinenkurs zu absolvieren, hatte sie erfüllt.

Johanna klebte weiterhin Etiketten auf die Stoffe und musste zwischendurch eine Etage höher, um die Kisten zu holen.

An Weihnachten hatte Johanna ein paar Tage frei. Sie freute sich darauf, ausschlafen zu können.

Sie war stolz, dass sie von ihrem ersten selber verdienten Geld ihrer Familie kleine Geschenke kaufen konnte und hatte sich für jeden etwas ganz Spezielles ausgedacht. Ihrer Mutter kaufte sie einen dunkelgrünen Schal, denn grün war ihre Lieblingsfarbe. Ihrem Vater schenkte sie eine Flasche Rotwein. Manfred, der Jazzfan, bekam eine Single mit dem Titel *Take five*. Dem kleinen Dominik schenkte sie einen Teddybär.

Heiligabend gab es Kartoffelsalat und Braten. Gelassen sah Johanna, dass Manfred, wie üblich, die größeren Fleischstücke bekam. Sie resignierte auf eine Art und Weise, die nur sie alleine wahrnahm.

An diesem Abend ging sie früh zu Bett. Sie war müde und unzufrieden über alles, was in letzter Zeit geschah. Sie weinte sich in den Schlaf und erwachte erst wieder, als die Sonnenstrahlen durch das Dachfenster drangen.

Anfang Januar war für Johanna klar, dass sie im Betrieb noch nichts richtig gelernt hatte. Ein Tag glich dem andern.

Sie stand an der Stanzmaschine, während sie an ihrem Chef vorbei auf den Baum blickte, dessen Äste am Fenster kratzten und gegen die bleiverglasten Scheiben schlugen, als ein stechender Schmerz in ihre linke Hand fuhr.

66

»Au, verflixt«, schrie Johanna auf. Gerade noch rechtzeitig konnte sie ihre Hand wegziehen, so dass nur der kleine Finger eine Schramme abbekam.

Wallacher kam auf sie zu und fragte: »Johanna, möchtest du in mein Büro kommen? Da habe ich Verbandszeug.« »Schon gut, nicht weiter schlimm, danke«, sagte Johanna, leckte sich das Blut ab, wickelte ein Papiertaschentuch um den Finger und zog ein Gummiband darüber.

Punkt 17 Uhr ertönte die schrille Glocke, Feierabend.

Sie zog ihre Anwesenheitskarte aus dem kleinen Regal an der Wand und stempelte aus, bevor sie die Firma verließ.

Am nächsten Morgen riss der Wecker Johanna jäh aus dem Schlaf – müde, schwer fühlte sie sich. Morgen?

Wie soll ich das nur schaffen?, dachte Johanna. Sie holen uns mit Bussen ab, und abends bringen sie uns nach Hause. Tag für Tag, Woche für Woche, Monat für Monat. Man nimmt uns die Freiheit.

Als Johanna nach Wochen immer noch an der gleichen Arbeit war, verlangte ihr Vater einen Termin bei ihrem Vorgesetzten. Johanna durfte bei diesem Gespräch nicht dabei sein, ihr Vater schimpfte über die lausige Organisation und die Zustände in diesem Betrieb.

»Wenigstens hat man mir versprochen, dass sich jetzt etwas ändert«, erzählte Johannas Vater am Abend seiner Frau.

Johanna entging nicht, dass ihr Vater sich um einen ruhigen Ton bemühte. Sein gutmütiges Gesicht mit den großen blauen Augen aber war angespannt. Und sein Mund, der so gerne lachte und sich so lustig zusammenzog, wenn er Kirschkerne spuckte, sah aus wie ein Streifen Leder.

Im Februar durfte Johanna endlich in eine andere Abteilung wechseln. Diese befand sich eine Etage höher.

Da arbeitete ein Junge namens Bruno zusammen mit anderen Män-

67

nern und wenigen Frauen. Diese Arbeiten erforderten Kraft und waren dem größten Lärm ausgesetzt, den Johanna je in dieser Fabrik hörte. Der Krach wurde durch viele große Stanzmaschinen und Bügelpressen verursacht.

Bruno kaute andauernd an seinen Fingernägeln. Er war nicht besonders hübsch, fand Johanna, behandelte sie aber sehr zuvorkommend.

Er wollte Johanna einladen, mit ihm auszugehen, sie lehnte immer höflich ab. »Weißt du Bruno, es ist kompliziert, ich darf einfach abends nicht ausgehen, also ich meine in die Stadt und so, meine Eltern sind sehr streng!«

»Aber es ist Fasnacht, die Fabrik hat geschlossen und wir haben drei Tage frei. Und was ist, wenn wir uns an einem Nachmittag treffen?« Bruno ließ nicht locker. Er wollte mit Johanna ins *Oldtimer* gehen, eine Kneipe mit guter Musik in Saarbrücken. »Ich werde dich um 14 Uhr zuhause abholen«, sagte er und fixierte Johanna mit seinem Blick.

»Okay, warte im Auto etwas unterhalb unseres Hauses, ich werde hinkommen«, sagte Johanna. Sie hatte ihrer Mutter noch nichts von Bruno erzählt, weil sie Angst hatte, dass die Mutter das Treffen verbieten würde.

Am Tag der Verabredung hatte Johanna plötzlich keine Lust mehr, Bruno zu sehen und zweifelte an ihrem Vorhaben. Warum habe ich bloß mit diesem Lackaffen abgemacht?, fragte sie sich. Ich habe eigentlich keine Lust, ihn zu sehen. Zudem habe ich auch noch eine Einladung zur Party von Markus und Ritschi.

Vorsichtig vertraute sie sich ihrer Mutter an und erzählte ihr, dass ein Junge aus der Stadt unterwegs sei, um sie abzuholen, aber sie hätte es sich anders überlegt, sie wolle nicht mit ihm fahren.

»Was kann ich nur machen? Er ist doch schon hierher unterwegs.«

Entgegen ihren Erwartungen reagierte ihre Mutter ganz nett. »Geh du nur rüber zur Party. Wenn Bruno kommt, wird mir schon etwas einfallen! Und sei bitte um 20 Uhr zuhause, wir wollen zu einer Fas-

68

nachtsveranstaltung, und du musst deinen kleinen Bruder hüten«, rief ihr die Mutter nach.

Johanna rannte über die Straße zum Elternhaus von Ritschi und zu den Jungens, die sie mehr interessierten. Gerade noch rechtzeitig bog sie um die Ecke, als sie bereits Brunos dunkelblaues VW Cabrio die Straße hochfahren sah.

»Ritschi, stell dir vor was meine Mutter gemacht hat.«

»Ich hoffe ja nicht, dass sie dir irgendeine Strafe aufgebrummt hat«, antwortete er.

»Nein, nein, ganz im Gegenteil, sie erfindet meinetwegen eine Notlüge!«

Johanna erzählte Ritschi die ganze Geschichte, und er musste schmunzeln.

»Weißt du, deine Mutter ist ganz okay, sie ist nur in dieser merkwürdigen Zeitschleife hängen geblieben, in der sie dich behandelt, als würdest du nie erwachsen werden.«

Pünktlich um 20 Uhr war Johanna zuhause. Zu ihrer Überraschung durfte sie mit an die Fasnachtsveranstaltung. Schnell traf sie ein paar Vorbereitungen und fragte Irmgard, ob sie mitkommen möchte.

Irmgard verkleidete sich als Alte und Johanna, die etwas größer war, als deren alter Mann.

Johannas Eltern hatten an der Verkleidung ihrer Tochter nichts auszusetzen. Sie vereinbarten, dass es besser wäre, getrennt zum Ball zu gehen, damit die Leute im Dorf und die *Fasnachtsbozen* sie nicht erkannten.

Ein langer Tanzabend begann. Johanna musste die Damen auffordern, damit ihre Tarnung nicht aufflog. Irmgard tanzte mit verschiedenen Jungen aus dem Dorf.

»Ich bin mir sicher, du bist Jürgen – du führst ausgezeichnet«, sagte Frau Becker, als Johanna sie zum Tisch zurück begleitete.

»Danke für das Kompliment«, antwortete Johanna mit verstellter

69

Stimme und blickte sich suchend nach Irmgard um. »Du, Irmgard, ich muss zur Toilette, kommst du mit und stehst Schmiere?«

»Ja, klar mach ich das«, antwortete Irmgard, und sie gingen zusammen nach unten.

Nach der Demaskierung bekam Johanna großen Applaus. Sie schielte zu ihren Eltern hinüber, die an der Bar saßen, aber die klatschten nicht.

Guido kam auf sie zu, ein gut aussehender Junge aus ihrer früheren Klasse, und forderte sie zum Tanz auf.

Frühmorgens kehrte Johanna mit ihren Eltern nach Hause zurück.

Die Fasnacht dauerte noch ein paar Tage. Johanna wollte wieder teilnehmen. Ihre Eltern hatten nichts dagegen.

Diesmal verkleidete sie sich als Hippiegirl. Sie trug Hot Pants und hatte sich je eine Blumengirlande auf die Außenseite ihrer Beine gemalt. Ihre langhaarige schwarze Perücke wurde von einem bunten Stirnband gehalten. Auf eine weite rote Seidenbluse nähte Johanna eine große Stoffblume. Ihre Augen umrahmte sie mit schwarzem Kajal.

»Mein Gott, wie siehst du denn aus?«, fragte ihr Vater. »Ich habe dich fast nicht erkannt!«

»Das ist ja der Sinn der Sache«, antwortete Johanna stolz.

Das Kompliment tat Johanna gut. Sie spürte, wie stolz ihr Vater auf sie war, das gab ihr Sicherheit.

Am Abend ging sie mit ihren Eltern aus dem Haus. Auch die hatten sich verkleidet. Ihre Mutter trug ein knallrotes langes Kleid, das mit Ketten und einem Gürtel geschmückt war und einen riesigen Schlapperhut. Durch ihre Maske war sie kaum zu erkennen. Ihr Vater ging als Clown.

Johanna tanzte mit vielen verheirateten Männern. Wie stupide!, dachte sie.

Endlich forderte Gerhard sie auf, ein hübscher Student aus dem gleichen Dorf. An diesem Abend blieb er ihr Tanzpartner. Johannas Mutter registrierte das wohlwollend.

70

Warum machen die nur solche Unterschiede?, dachte Johanna bei sich. Ich glaube, mit Gerhard würden mich meine Eltern jederzeit alleine lassen, aber mit Ritschi zum Beispiel nicht.

In der Bar saßen Gerhard und Johanna dicht zusammen bei einem Glas Sekt und diskutierten. Johanna konnte ihm ihre Sorgen mitteilen, und er hörte aufmerksam zu. Sie erzählte ihm auch von ihren Schwierigkeiten in Mathematik. Gerhard behauptete, schlechte Rechner küssten gut.

Sein Kuss kam so plötzlich und überwältigend, dass Johanna aufsprang und sofort aus dem Lokal lief. Vollkommen verwirrt rannte sie nach Hause, warf ihre Faschingsklamotten in die Ecke, duschte und kroch ins Bett. Gerhard ging ihr nicht aus dem Kopf. Was fiel ihm ein, sie plötzlich zu küssen?

Am letzten Tag der Fasnacht wollte sich Johanna nicht mehr verkleiden, sondern einfach nur sich selbst ein.

Ihre Eltern kamen wieder mit, beobachteten sie von weitem und bezahlten ihr Getränk.

Recht so, dachte Johanna, denn bei monatlichen 75 DM, wovon sie regelmäßig 50 DM auf ihr Sparbuch einzahlen musste, blieb nicht mehr viel übrig. Diese 50 DM waren in einem Sparvertrag angelegt und für die Aussteuer bestimmt.

Kurz nach 21 Uhr setzte sich Johanna an die Bar zu Ritschi.

»Johanna, das ist Klaus, ein Arbeitskollege von mir«, stellte Ritschi den Jungen vor, der neben ihm saß. »Er kommt aus Saarbrücken und möchte mal die hiesige Fasnacht erleben!«

»Hallo Klaus, freut mich, dich kennenzulernen.«

Johanna hatte bei Klaus ein mulmiges Gefühl. Er war ein bisschen verwahrlost und rauchte nonstop Gauloises ohne Filter.

»Du weißt ja, dass du nicht an Krebs stirbst, wenn du Gauloises rauchst?«, sagte Klaus zu Johanna.

»Ach ja, das weiß ich nicht«, antwortete Johanna.

»Du verreckst früher!«, beendete Klaus diesen Witz, und alle drei brachen in schallendes Gelächter aus.

Gegen Mitternacht wollte Johanna nach Hause. So viele Jungs und Männer, die sie mit den Augen fixierten, sie zum Tanzen aufforderten und ihr Drinks spendierten – es übertraf alles bisher Dagewesene. Plötzlich hatte sie von der geballten Ladung männlicher Aufmerksamkeit an dieser Fasnacht genug.

Johanna ging zu ihren Eltern und sagte: »Klaus ist mit seinem Motorrad hier, er wird mich nach Hause fahren.«

Johannas Eltern machten Anstalten, auch sofort zu kommen.

Draußen kam ihnen plötzlich Gerhard entgegen. Johanna versteckte sich hinter ihrem Begleiter. Im Schutz der Dunkelheit fuhren sie unbemerkt davon. Obwohl es kaum einen Kilometer weit ging, kam Johanna das Ganze sehr aufregend vor, so wie alles, wenn es das erste Mal ist.

Inzwischen war es Frühling geworden, und Johanna zählte die Monate bis zu ihrem siebzehnten Lebensjahr.

Einmal pro Woche, an den Dienstagen, besuchte sie die Berufsschule in Saarbrücken. Mit dem Bus bis in die Stadt zu fahren und gleichaltrige Leute zu treffen, bedeutete für Johanna grenzenlose Freiheit.

In ihrer Klasse waren vierzehn Mädchen und ein Junge. Alle gingen bei *Tailor Hoff* in die Lehre, der Firma, die sie abgewiesen hatte. Sie war die Privilegfirma, das spürte sie auch an dieser Schule. Der Klassenlehrer Mayer fragte immer nach, wie es bei *Tailor Hoff* ginge und traf sich regelmäßig mit dem Lehrlingsverantwortlichen.

Wahrscheinlich denkt der Lehrer, ich gehöre zu den anderen, dachte Johanna und ließ ihn in seinem Glauben.

Herr Mayer war schwerhörig, und manchmal fiel sein Hörgerät aus. Vor den Klausuren bestimmten die Schüler jeweils einen Sprecher, der die Resultate vorsagen sollte. Sie bekamen alle gute Noten.

Als Lehrer Mayer wieder jemanden brauchte, der ihm im *Aldi* Pom-

72

mes Chips besorgte, meldete sich Johanna sofort. Sie lief lieber draußen in der warmen Märzsonne herum, als dass sie die Schulbank drückte. Uwe, der einzige Junge in der Klasse, wollte mitkommen. Sie blieben solange draußen, bis die letzte Pausenglocke ertönte.

Von da an verbrachten Uwe und Johanna jede Pause zusammen. Alle Mädchen beneideten Johanna um den gut aussehenden Uwe, der einzige Junge an einer Mädchenberufsschule.

Johanna fand Mayers Unterrichtsstoff langweilig. Was nutzte es schon, sämtliche Stoffe und deren Strukturen aufzählen zu können oder Werkzeuge aus der Vergangenheit und deren weitere Entwicklung zu kennen?

Außer dieser sogenannten *Fachkunde* gab es noch Fächer wie *Fachrechnen*, und darin überwogen die Dreisatzaufgaben. Johanna gefiel das nicht, dementsprechend waren auch ihre Noten.

Beim *Fachzeichnen* konnte sie ihrer Fantasie freien Lauf lassen. Sie stellte sich vor, in einem Atelier an einem großen Tisch zu stehen und viele Skizzen herzustellen und Muster für lange Abendkleider zu entwerfen. Leider zeichneten sie aber nie etwas anderes als Farbabstufungen und Hosen mit Sakkos.

Die schönsten Fächer waren die, die nicht der Klassenlehrer unterrichtete. Lehrerin Klaas behandelte das Drogenproblem und sprach über Aufklärung. Die Sportstunde, die ein junger Absolvent der Universität Saarbrücken hielt, fand in einer Turnhalle statt und bestand hauptsächlich aus Gymnastik.

Etliche Dienstage schwänzten Johanna und Uwe die Schule und lagen im Gras an der Berliner Promenade. Sie diskutierten und sahen den vorbeifahrenden Schiffen auf der Saar zu.

Uwe ließ wieder einmal einen von seinen Reimen hören: »Wir liegen an der Saar, und die Sonne glänzt in deinem Haar.«

Johanna lachte und war sehr glücklich.

»Deine Haare sind wirklich sehr schön, Schnittlauchlocken mochte ich schon immer!«

Johanna stupste Uwe in die Rippen: »Du Playboy, was machst du nicht alles, nur um an mich ranzukommen?«

Die Unterschriftenkarten von Lehrern, Ausbildnern und Eltern bekamen sie immer unterschrieben, denn sie verstanden es, entweder nur stundenweise zu schwänzen und das Attest oder eine Entschuldigung zu ergattern.

An den Dienstagen brauchte Johanna immer Geld, denn dann hatte sie die Möglichkeit, sich von ihrem knapp bemessenen Taschengeld etwas zu kaufen. Sie gab es gezielt aus, so kaufte sie sich für 5 DM ihre erste Single-Schallplatte, *I want to live* von *Aphrodite's Child*.

Als sie die Schallplatte zu Hause ihrer Mutter zeigte, wurde die sehr wütend.

»Für so einen Quatsch gibst du dein Geld aus?«, fauchte sie. »Du würdest es besser sparen und dir was Vernünftiges dafür kaufen.«

Enttäuscht über die Reaktion der Mutter öffnete Johanna trotzdem den Musikkasten und legte die Single auf den Plattenteller. Plötzlich schwebte ihre Mutter durch das Zimmer, denn sie erkannte die Melodie und sang lauthals mit: *Plaisir d'amour …*

Eines Tages kam Johanna mit einem dunkelblauen Minirock nach Hause. Ganz stolz zog sie ihn an und stolzierte um den Esstisch herum.

»Der steht dir gut«, meinte Johannas Vater und nickte wohlwollend.

Johannas Mutter murmelte ebenfalls ein paar Worte, die Johanna nicht verstand.

»Ich habe eine gute Idee«, sagte ihre Mutter, »du kaufst dir in Zukunft deine Kleider selbst. Solltest du größere Teile benötigen, wie Mantel oder Schuhe, komme ich mit in die Stadt, um sie zu bezahlen.«

Ja super, dachte Johanna, was kann ich mir schon von 25 DM im Monat kaufen? Sie sagte aber nur: »Okay!«

74

»Für Ostern brauchst du einen Hosenanzug«, behauptete ihre Mutter. Johanna hasste Hosenanzüge.

Rechtzeitig zu Ostern musste Johannas Mutter in der Stadt einige Dinge erledigen. Sie verabredete sich mit ihrer Tochter in einem Kaufhaus. Johanna probierte Jacken und Hosen an. Ihre Mutter wählte schließlich einen hellgrauen Flanellhosenanzug aus, Größe 42.

»Da wirst du noch reinwachsen!«, stellte sie aufmunternd fest, ging zur Kasse und bezahlte.

6. Veränderungen und Abschiede

Das frühe Aufstehen fiel Johanna sehr schwer, aber es gab kein Hinauszögern, der Bus fuhr pünktlich.

Als Alternative zu dem langweiligen Rumstehen in der Fabrik beschloss sie, jeden Abend einen Dauerlauf und Turnübungen zu machen. Als Abschluss ihrer privaten Sportstunde stellte sie sich täglich mindestens fünf Minuten auf den Kopf, schloss die Augen und spürte, wie die Kraft in ihren Körper zurückkam.

Das alles half Johanna dabei, leichter aufzustehen, und sie fühlte sich nicht mehr so müde.

Im April 1970 musste Johanna nach Eppelborn zur Arbeit, denn dort wurden die Westen für die Sakkos genäht. Eppelborn war ein kleines Dorf bei Lebach, das man in zweieinhalb Stunden Autofahrzeit erreichen konnte. Nun musste sie täglich um halb fünf Uhr aufstehen. Ihr Vater weckte sie jeden Morgen und bereitete ihr das Frühstück.

Um 5:24 Uhr fuhr der Bus nach Brebheim. An der Bushaltestelle im Halteverbot wurde sie von Herrn Ackermann in seinem hellblauen VW Variant erwartet. Er war Chef der Abteilung in Eppelborn und leitete dort eine etwa zwanzigköpfige Belegschaft. Johanna beeilte sich jedes Mal, damit sie vor Abfahrt des Busses das Auto erreichte, denn sonst verärgerten sie den Busfahrer. Wenn sie schneller war, konnte Herr Ackermann losfahren, bevor der Bus startete.

»Heute ist aber auch ein Schnuddelwetter«, sagte Johanna noch vor der Begrüßung.

Herr Ackermann lächelte Johanna an und brauste los. Im Autoradio lief *the air that I breathe* von den Hollies. Johanna erkannte das Stück sofort und versank träumend im Beifahrersitz.

Herr Ackermann trug wie immer eine selber geschneiderte beige Maßhose und dazu ein kariertes Polohemd. Er war von mittlerer Statur

76

und hatte dunkelblonde Haare und blaue Augen. Seine ruhige und souveräne Art beeindruckten Johanna sehr. Die langen Autofahrten eigneten sich gut für ausgiebige Diskussionen über Gott und die Welt.

Johanna kam sich das erste Mal in ihrem Leben ziemlich erwachsen vor. Ihr Chef war ein guter Autofahrer, und sämtliche Fragen, die Johanna ihm stellte, beantwortete er ruhig und besonnen.

»Ich bremse schon, wenn ich sehe, dass bei einem Auto weiter vorne die roten Bremslichter aufleuchten«, sagte er.

»Ja, Sie haben Routine, das merkt man«, antwortete Johanna, die wissbegierig alles in sich aufsog, was man über die Regeln im Verkehr wissen musste. »Eines Tages werde ich auch ein Auto haben, aber dafür muss ich noch etwas sparen«, sagte sie.

Jeden Abend ließ er Johanna in Brebheim, an der Bushaltestelle gegenüber, wieder aussteigen, bog um die Ecke und war bald zuhause bei seiner Frau und seinen beiden Söhnen. Johanna wartete auf den Bus der Linie 1, der sie nach Ormheim fuhr.

Ihre Mutter hatte aufgehört, ihr zusätzliche Aufgaben im Haus aufzutragen. Wahrscheinlich sah sie ein, dass Johannas Tage anstrengend waren und sie etwas Ruhe verdient hatte.

Der Sommer 1970 war sehr heiß. Gegen Mittag kletterte das Thermometer auf 35 Grad. Die Dampfbügeleisen in der Fabrik steigerten die Hitze noch und erschwerten das Arbeiten zusätzlich.

Der Chef erlaubte seinen Mitarbeiterinnen, immer wieder nach unten in den Pausenraum zu gehen, um was zu trinken und sich zu erfrischen. Herr Ackermann, der nicht nur Chef, sondern auch Mechaniker, Arzt und Seelentröster war, hatte sichtlich Freude an seinen Angestellten. Mal spendierte er ihnen einen Kaffee, ein andermal kam er mit frischen Brötchen in die Pause.

Eines Tages wurde es Johanna plötzlich schlecht. Als sie von der Nähmaschine aufstehen wollte, fiel sie in Ohnmacht. Im Pausenraum auf einer Bank liegend, den Kopf auf Annemaries Schoss, kam sie wieder zu sich.

Annemarie war eine nette Arbeitskollegin und die Vorarbeiterin in der Abteilung.

»Du hast uns aber einen Schrecken eingejagt. Ich hoffe, es geht dir wieder besser!«

»Ja, danke, kein Problem«, piepste Johanna und versuchte sich aufzurichten.

An diesem Tag durfte sie nicht mehr nach oben in die Näherei, und Herr Ackermann fuhr sie sogar ganz nach Hause.

Die Mutter war überrascht, dass Johanna mit einem Auto heimgebracht wurde. Als sie Johanna sah, die noch immer kreidebleich im Gesicht war, bekam sie einen großen Schrecken.

Herr Ackermann stellte sich vor und vereinbarte mit Johannas Mutter, dass Johanna bis Ende Woche zuhause blieb.

»Sie kann die Hitze wohl schlecht vertragen, außerdem ist sie so dünn, kein Wunder, ist sie zusammengebrochen«, hörte Johanna Ackermann sagen.

»Ich danke Ihnen sehr, dass Sie sie nach Hause gefahren haben, das war wirklich sehr freundlich von Ihnen.«

Die Mutter ging mit Johanna ins Haus und schickte sie nach oben ins Bett. »Ich mache dir einen Tee und bringe dir etwas Schokoladenkuchen, wenn du möchtest«, sagte sie.

Johanna fühlte sich wohl und geborgen. Auf Tee hatte sie keine Lust, sie wollte lieber etwas Eiskaltes. Sie sagte aber nichts, sondern ließ ihre Mutter gewähren.

Johanna lag auf ihrem Bett und beobachtete die Wolken, die eine leichte Sommerbrise über den Himmel trieb. Es war früh am Abend, alles war still und ruhig um sie herum, nur manchmal zwitscherte irgendwo ein Vogel.

Die Menschen versteckten sich vor der brennenden Sonne, die Fensterläden waren geschlossen, man suchte den tiefsten Schatten und versuchte, sich nicht zu bewegen.

78

Tags darauf untersuchte ein Arzt Johanna und verschrieb ihr Kreislauftabletten.

Als sie nach einer Woche wieder zur Arbeit erschien, stellte sie fest, dass Herr Ackermann an ihrem Berichtsheft, das sie für die Schule und den Lehrbetrieb gewissenhaft führen musste, gearbeitet hatte. Er nähte Miniaturkleidungsstücke, die sie nur noch in ihr Berichtsheft einkleben musste und war ihr auch bei den entsprechenden Erklärungen und Beschreibungen dazu behilflich.

Das Berichtsheft bekam eine neue Bedeutung für Johanna. Die vielen eingeklebten Stoffteile machten das Heft farbig und lebendig, die Erläuterungen dazu waren einleuchtend.

»Wenn ich da mal nicht eine gute Note dafür kriege«, sagte sie zu Ackermann.

Ihr Chef entwarf weiterhin kleine Stoffteile in Hosenform, die sogar mit Taschen und Reißverschlüssen versehen waren. Letzteres war ein Arbeitsgang, den Johanna erst später in einer anderen Fabrik lernen musste, erklärte ihr ihr Chef.

Eines Sonntags im August, als sämtliche Tanten und Onkels um den Kaffeetisch versammelt waren, um den frischen Streusel- und Zwetschgenkuchen mit Sahne zu genießen, klingelte es an der Haustür.

Ritschi fragte: »Johanna, kommst du mit zum Bauernhof?«

»Darf ich, Mutti?«, fragte Johanna, obwohl sie schon mit einem »Nein« rechnete. Doch zu ihrem Erstaunen erlaubten ihr die Eltern mitzugehen.

»Aber sei vorsichtig und um 19 Uhr zum Abendessen wieder zuhause!«

Hand in Hand liefen Johanna und Ritschi zum Heiershof und holten die Pferde aus dem Stall.

»Leider haben wir nicht so viel Zeit, wollen wir heute nur die kleine Runde drehen?«, fragte Ritschi.

Johanna war einverstanden.

Ritschi war ein geübter Reiter. Das Pferd, welches er reiten durfte, hieß Black. Johannas Pferd hieß Bianca, es war dunkelbraun mit hellen Flecken und eine etwas eigenwillige Stute. Johanna ritt hinter Ritschi her und war sehr glücklich. Sie redeten kaum, sie genossen die Natur und die schöne Landschaft.

Als der Heiershof wieder in Sicht kam, galoppierte Ritschi mit Black los. Johanna war einen Moment unaufmerksam. Als Bianca durchstartete, rutschte sie aus dem Sattel, blieb aber im Steigbügel hängen und wurde so einige Meter mitgezogen.

Als Ritschi Johanna schreien hörte, ritt er zu Bianca, fasste die Zügel und stoppte das Pferd. Er half Johanna beim Aufstehen. »Bist du verletzt? Was ist denn passiert, Johanna?«

»Ach, ich habe einen Moment nicht aufgepasst, und Bianca ist Black natürlich hinterher gespurtet, als der loslief. Meine Hand tut weh.«

»Zeig mal her ... Oje, das sieht nicht gut aus!«

Ritschi begleitete Johanna nach Hause.

Johanna bekam keinen Bissen runter und bat um Erlaubnis, ins Bett gehen zu dürfen.

»Was, jetzt schon? Bist du krank oder was?«, fragte Manfred.

In der Nacht hatte Johanna höllische Schmerzen. Sie konnte nicht schlafen, aber getraute sich nicht, ihre Eltern zu wecken. Ihr kleiner Bruder Dominik hörte sie schluchzen und kam mit seinem Lieblingsteddy an ihr Bett.

»Hier Johanna, der hilft dir einschlafen«, flüsterte Dominik und verschwand so leise, wie er gekommen war.

Die rechte Hand war am nächsten Tag so stark geschwollen, dass ihr Vater sie zum Arzt fuhr.

Dieser diagnostizierte einen Knochenriss und machte ihr einen Gipsverband. »So, Johanna, diesen Gips musst du vier Wochen tragen, dann ist die Wunde verheilt!« Er füllte einen Krankenschein aus, und Johanna durfte nicht mehr zur Arbeit gehen.

Einen Tag, nachdem der Gips runter war, ging Johanna wieder reiten.

Bis Oktober blieb Johanna in Eppelborn. In dieser Zeit lernte sie sehr intensiv. Herr Ackermann zeigte ihr persönlich an kleinen Schnittmustern, wie die Teile für Herrenkleidung zusammengestellt wurden.

»Wenn du möchtest, kannst du eine kurze Hose für deinen kleinen Bruder nähen. Wir haben viele Stoffreste, die dafür geeignet sind.«

Johanna war zuerst skeptisch, denn sie wusste nicht, wie ihre Mutter darauf reagieren würde. Man hatte ihr immer eingebläut, nichts von Fremden anzunehmen. Doch selber fand sie diesen Vorschlag toll und fing an, eine Hose für Dominik zuzuschneiden.

»Wenn du Hilfe brauchst, dann komm einfach zu mir«, sagte Annemarie.

Die Frau gefiel Johanna, denn sie war immer gut gelaunt und sang Lieder. Alle Mitarbeiter fühlten sich in ihrer Gegenwart wohl. Ihre frische und freundliche Lebensart war so überzeugend, dass Johanna annahm, diese Annemarie müsse wohl ein sehr schönes Zuhause haben.

In der großen Pause nahm Annemarie Johanna zur Seite und sagte: »Ich heirate im Sommer!«

»Oh, das ist aber toll«, antwortete Johanna, »hast du denn schon dein Hochzeitskleid?«

»Das kaufen meine Eltern für mich, die organisieren absolut alles! Sie haben auch meinen zukünftigen Ehemann ausgesucht, einen Automechaniker.«

»Was?«, schrie Johanna. »Das glaube ich nicht!«

»Doch, sicher, so ist es.« Annemarie blickte abwesend aus dem Fenster und nickte einem Mann zu, der gerade die fertigen Westen in den Firmenlaster lud.

Johanna begann an Annemaries Lächeln zu zweifeln.

Ende Oktober 1970 wurden die Tore der kleinen Fabrik in Eppelborn geschlossen, ein Umzug nach Lebach war geplant. Dort war eine riesengroße Fabrik gebaut worden, und die umliegenden kleinen Fabriken wurden geschlossen. Für die Mitarbeiter wurden große Busse direkt von Fetchingen nach Lebach eingesetzt. Damit war klar, dass Johannas Reisen mit Herrn Ackermann enden würden.

Bereits einen Monat später zog die komplette Belegschaft in das neue Gebäude um. Die Fabrik war supermodern eingerichtet, hell und übersichtlich.

Johannas alter Chef war nun einer von vielen Vorarbeitern. Man brauchte erfahrene Arbeiter für die verschiedenen neuen Maschinen in Lebach, und die Leute mussten umlernen oder entsprechend eingearbeitet werden. Alles war ein wenig chaotisch.

Für Johanna war das kein Problem, denn sie hatte nicht nur einen guten Draht zu den Arbeitern, sondern verstand auch was von Technik. Wie oft hatte sie schon eine Maschine repariert, wenn eine Arbeiterin fluchend die Hände über dem Kopf zusammengeschlagen hatte.

Vielleicht hätte ich Mechanikerin werden sollen, dachte sie bei sich und half einer Arbeitskollegin, die abgebrochene Nadel der Nähmaschine einzusetzen.

Am nächsten Tag kam diese Kollegin auf Johanna zu und gab ihr ein kleines Päckchen. »Das ist für dich, Johanna, ich glaube, du könntest so etwas gut tragen.«

Vorsichtig entfernte Johanna das Papier und packte ein goldenes Bauchkettchen aus. »Das ist aber hübsch«, sagte sie und bedankte sich.

»Die sind im kommenden Sommer ganz groß in Mode«, erklärte die Kollegin und wünschte ihr viel Spaß damit.

Johanna freute sich riesig über das Geschenk und war sehr stolz.

Jeden Tag wurde Johanna zusammen mit den anderen Arbeitern in einem großen blauen VW-Bus mit der Aufschrift *Andreas Weber, Moden AG* nach Lebach gefahren. Hier wurde das Westen- und Hosennähband zusammengelegt. Es wurde auch im Akkord gearbeitet. Wochenlang, monatelang die gleiche stupide Akkordarbeit.

Regelmäßig kamen irgendwelche Herren aus den Büroräumen, stell-

82

ten sich ans Band und hielten die Arbeitsabläufe mit einer Stoppuhr fest. Sie beobachteten die Frauen und Männer an den Maschinen und gaben ihnen Tipps, wo sie noch ein paar Sekunden einsparen konnten.

Colette, eine etwa 35-jährige Frau, erzählte Johanna von ihren Albträumen. »Ich wache manchmal nachts auf und habe Herzrasen. Ich stelle mir dann vor, ich schaffe die vorgeschriebene Stückzahl nicht in der gesetzten Zeit.«

»Wie schrecklich, was könnten Sie nur dagegen machen«, fragte Johanna. Dann wandte sie sich blitzschnell ab. Ein Vorarbeiter war in die Nähe gekommen. Reden war strikte verboten!

Johanna war klar, dass sie, sobald sie Hosen nähen konnte, wieder weiter in eine andere Abteilung versetzt wurde. Sie lernte schnell, nicht zuletzt deshalb, weil sie schon sehr gut von ihrem früheren Chef, Herr Ackermann, vorbereitet worden war.

In Lebach hieß der oberste Chef Bernady. Er schien Johanna nett und fair, und es beeindruckte sie, dass er sich Zeit nahm für den einzigen Lehrling. Auch hatte Johanna nicht das Gefühl, dass sie ihn störte, wenn sie mit Fragen zu ihm kam.

Herr Bernady sah äußerst attraktiv aus. Er hatte ein schmales, längliches Gesicht mit feinen Linien und dunkle Haare, deren Ansatz sich etwas nach oben verschoben hatte.

Endlich war Sonntag! Ihre Eltern hatten nichts dagegen, dass Johanna ausschlief.

Vorsichtig bereitete sie sie beim Mittagessen darauf vor, dass sie bald von ihrem Arbeitskollegen Salvatore – er war Koch in der Kantine in Lebach – abgeholt werden würde. Sie wollten zusammen in einem nahe gelegenen Lokal etwas trinken gehen. Salvatore hatte Johanna schon mehrmals gefragt, ob sie Lust hätte, mit ihm abzumachen.

Pünktlich kam er mit seinem schnittigen roten Fiat angerauscht. Er stieg aber nicht aus, sondern wartete im Auto.

Johanna lief zu ihm und stieg ein.

»Hallo Johanna, schön dich zu sehen!«

»Gleichfalls, ich freue mich so«, antwortete Johanna, und schon fuhren sie los.

Salvatores dunkles, dichtes Haar war leicht gewellt und fiel ihm auf die Schulter. Seine breite Stirn drückte irgendwie Energie aus, die dunklen Augenbrauen waren kräftig. Um den Mund hatte er zwei winzige Grübchen, die jedes Mal, wenn er lachte, sehr reizend aussahen.

»Kennst du irgendwo ein nettes Lokal?«, fragte Salvatore.

»Oh ja, da gibt es einige. Ich zeige dir den Weg!«

Salvatore bemerkte, dass er verfolgt wurde. »Wer ist das nur, der ständig den gleichen Weg wie ich fährt?«, fragte er.

Johanna drehte sich um und schrie entsetzt auf. »Das ist ja mein Vater! Der fährt uns einfach nach. Das gibt es doch nicht. Was soll das?«

Salvatore schüttelte den Kopf und drehte die Musik leiser.

Johanna konnte den wunderschönen Song von Enzo Parise, *Volare,* plötzlich nicht mehr genießen.

»Würde ich verstehen, was das soll, wenn du es mir erklärst?«, fragte Salvatore.

»Wahrscheinlich nicht, denn ich weiß es nicht! Ich habe meinen Eltern gesagt, dass ich mit dir wegfahre.« Eine Träne drohte aus ihren Augenwinkeln zu fließen.

Salvatore fuhr durch die Gegend und durchquerte ein paar Dörfer. Schließlich brachte er Johanna wieder nach Hause zurück. »Das alles ist mir ein wenig suspekt. Hat dein Vater ein Problem damit, dass du ausgehst?«

Johanna konnte nichts darauf antworten, denn sie wusste es nicht. Sie verabschiedeten sich flüchtig.

»Der will sich doch nur ins gemachte Nest setzen«, hörte sie ihre Mutter beim Abendessen sagen.

So ist sie! Sie drängt sich in den Vordergrund, um ihre Präsenz spürbar zu machen, immer und überall, dachte Johanna. Das Thema war für sie erledigt. Sie hatte keine Lust mit den Eltern zu diskutieren, denn sie wusste, dass es zwecklos war. Über Salvatore wurde nie mehr gesprochen.

Im Laufe der Zeit verkroch sich Johanna immer mehr in ihrem Zimmer, hörte Musik und schrieb in ihr Tagebuch. Sie dachte, wenn sie eine andere Person wäre, so wie ihre Eltern das von ihr erwarteten, würde alles einfacher.

»Charakter«, sagte ihre Mutter, »wird in der Welt viel mehr geschätzt als Persönlichkeit!«

Woher sie das wohl weiß, fragte sich Johanna, sie, die fast nie über die Dorfgrenzen hinaus gekommen ist?

Schon nach zwei Monaten, Ende Februar 1971, musste sich Johanna von den Arbeitern, mit denen sie in Lebach zu tun gehabt hatte, verabschieden. Darüber war sie sehr traurig. Sie musste zurück nach Fetschingen, um die letzten Griffe zur Erstellung eines Anzuges zu erlernen.

Auf einer alten Bank auf dem Parkplatz saß wie hingegossen Salvatore. Sein rechter Arm baumelte hinter der Lehne, den linken Arm hielt er über seinen Kopf. Mit lang ausgestreckten Beinen betrachtete er Johanna, die langsam auf ihn zukam.

»Ich möchte mich auch von dir verabschieden, Salvatore. Und … es tut mir sehr leid, was geschehen ist. Meine Eltern finden mich zu jung für eine Beziehung«, log sie.

»Ich wünsche dir alles Gute, Bella. Du musst nun in eine andere Firma, es würde ohnehin alles nur komplizierter werden.« Er drückte Johanna fest, drehte sich weg und verschwand Richtung Küche.

Als sie schließlich vor Bernadys Bürotüre stand, kamen ihr die Tränen. Sie schlang ihre Arme fest um den Bauch, als hätte sie Angst, sie könnte auseinanderfallen. In gewisser Weise war das auch so. Sie hatte Angst vor der Zukunft, vorm nächsten Montagmorgen.

Bernady wusste das, ohne dass sie es ihm sagte. »Hab keine Angst, Johanna«, tröstete er sie. »Es wird schon werden, und bei der Abschlussprüfung in zwei Jahren wird sicher alles gut gehen!«

»An die nächsten beiden Jahre will ich gar nicht erst denken«, schluchzte Johanna. »Ich sehe keinen Sinn in meinem Leben!«

Bernady ließ einen Vorarbeiter, der mit einer Frage auftauchte, abblitzen und zog die Türe seines Büros zu.

Warum tat er das? Johanna verstand zuerst nicht. Dann wurde ihr klar, dass sie mit ihrer Äußerung jemanden an ihrem Leben teilnehmen ließ. Und dass sie einem Menschen gegenüberstand, der sich Zeit für sie nahm.

Es machte ungeheuer Eindruck auf Johanna, als Bernady ihr vorrechnete, was zwei Jahre in einem Leben sind. Er bestärkte sie durchzuhalten, nicht zuletzt deshalb, weil ihr dann viele Türen offenstanden – vor allem in der Firma *Weber*, deren einziger Lehrling Johanna war. Die Fältchen in seinen Augenwinkeln luden ein, mit ihm zu lachen, und Johanna beruhigte sich. Sie nahm ein Taschentuch aus ihrer Hosentasche und trocknete die Tränen.

»So ist es prima, Johanna. Du wirst sehen, alles wird gut werden. Man kann zu den Sternen aufsteigen, wenn man den Gipfel erreicht hat.« Er drückte Johanna kurz und begleitete sie zur Tür.

Johanna dachte noch lange über Bernadys Worte nach. Er berührte sie auf spezielle Weise. Nach diesem Gespräch sah sie Bernady jedoch niemals wieder. Auch Herr Ackermann war seit Wochen für die Firma unterwegs.

86

7. Georges, der Grenzgänger

Sobald die ersten Frühlingsstrahlen etwas wärmer wurden, ging Johanna in jeder freien Minute zum Heiershof, um zu reiten. Hier traf Johanna immer Leute aus dem Dorf. Meistens waren auch Ritschi und sein Bruder Michael dort. Die beiden halfen in ihrer Freizeit beim Heueinfahren und besserten damit ihr Taschengeld auf.

In einem kleinen Lokal in der Nähe trafen sie sich manchmal, um eine Coca-Cola zu trinken.

Im März 1971 musste Johanna in Fetschingen weiterarbeiten. Sie war froh, dass der Arbeitsplatz nur noch etwa fünf Kilometer von zuhause entfernt war.

Herr Daut, ihr nächster Vorgesetzte, holte sie und zwei andere Mädchen aus dem Dorf an der Bushaltestelle in Ormheim mit seinem Renault 16 ab. Johanna stieg immer vorne ein, denn sie wollte schauen, wie Herr Daut Auto fuhr und worauf man achten musste. Außerdem hatte sie das Gefühl, ein Recht auf den Beifahrersitz zu haben. Die anderen beiden Mädchen waren schließlich nur Hilfsarbeiterinnen, die am Fließband im Akkord schnell viel Geld verdienen wollten.

In Fetschingen wurden Sakkos genäht. Es gab mehrere Abteilungen, sogenannte Bänder, die alle ihren Bandleiter hatten. Johanna musste bei Herrn Stuber anfangen. Schnell stellte sie fest, dass sie und die beiden Mädchen aus dem Dorf in dieser Abteilung wohl die einzigen waren, die noch keine Rente bezogen. Oder sahen die Leute einfach nur steinalt aus?

Herr Stuber wohnte im gleichen Ort wie Johannas Familie, er kannte ihre Eltern sehr gut. Das war wohl ein Grund dafür, dass Johanna die verschiedenen Arbeiten an seinem Band sehr schnell lernen konnte; Herr Stuber wollte es sich mit Johannas Eltern offenbar nicht verder-

87

ben. Ganz sicher würden ihn diese auf Johannas Lehre bei der Firma *Weber* ansprechen, wenn er sie sonntags nach dem Kirchenbesuch antreffen würde.

Herr Stuber sorgte dafür, dass Johanna von keinem anderen Bandleiter wegbeordert wurde, um für eine Arbeit einzuspringen, weil dort eine Arbeiterin erkrankt war. Er war ein Mann mittleren Alters, mit blondem, schütterem Haar und graublauen Augen. Seine weißen Beine waren praktisch haarlos und sahen lächerlich dünn aus in seinen alten Hosen und den dick besohlten Turnschuhen. Das schwarze T-Shirt hing aus seiner Hose und war ihm viel zu groß.

Johanna arbeitete mit vielen Grenzgängerinnen zusammen und lernte dadurch einige französische Schimpfwörter. Es gab viele nette junge Männer unter den Franzosen. Sie kamen, wie man Johanna erzählte, aus ärmlichen Verhältnissen und waren froh, nach dem Schulabschluss, den allerdings nicht alle geschafft hatten, in einer deutschen Fabrik einen Job zu finden.

Am zweiten Band blieb Johanna so lange, dass sie glaubte, man habe sie einfach vergessen. Wochenlang arbeitete sie im Akkord an derselben Maschine und der Bügelpresse. Das Highlight während der monotonen Arbeit war der Gang zur Toilette. Da wurden Neuigkeiten ausgetauscht. Dort sah Johanna den Frauen zu, wie sie rauchten und anschließend einen Kaugummi in den Mund steckten. Am meisten wurde über Herrn Daut getratscht.

Daut war verantwortlich für Johannas Ausbildung. Er musste die Führung des Berichtheftes überwachen und dieses unterschreiben. Er half Johanna bei den Zeichnungen, um die Darstellungen etwas klarer zu machen. Seine witzige und lebensfrohe Art gefielen ihr, und sie spürte, dass er sie gut leiden konnte.

Doch Herr Daut beachtete sie oft nicht, wenn sie reklamierte, dass sie nicht weiterkam. Angst befiel sie, gar nichts mehr zu lernen. Die

88

Mitschülerinnen der Berufsschule und Uwe waren schon viel weiter als sie. Die erzählten von Kleidungsstücken, die sie selbstständig und in kürzester Zeit an eigenen Maschinen herstellen konnten. Im Vergleich mit ihnen hinkte Johanna fachlich weit hinterher.

Nach wochenlanger Arbeit an der Bügelpresse – den Dampf davon hatte Johanna ständig im Gesicht – war sie wieder zusammengebrochen. Der Bandleiter vom nächsten Band, Herr Faikus, trug sie ins Krankenzimmer und spendierte ihr eine Cola. Er sah öfters nach ihr und veranlasste, dass sie bis zum Feierabend liegen bleiben konnte. Plötzlich war Johanna für alle Leute interessant.

Es musste etwas geschehen. Endlich vertraute sich Johanna ihrem Vater an. Dieser reagierte sofort. Noch am selben Abend fuhr er mit ihr zu Herrn Daut nach Hause, obwohl das Johanna ein bisschen unangenehm war.

Die Dauts lebten in einem kleinen Reiheneinfamilienhaus mit großem Vorgarten, der durch seine üppige Blumenpracht auffiel. Als Johannas Vater klingelte, öffnete ein kleines Mädchen die Türe.

»Können wir bitte deinen Vater sprechen?«

Schon stand Herr Daut in der Tür. »Ah, Johanna, was machst du denn hier?«

Bevor Johanna antworten konnte, stellte sich ihr Vater vor und schilderte ausführlich seine Sorgen. Johanna stand unbeachtet daneben und blickte traurig zu Boden.

»Warum kommen Sie damit ausgerechnet zu mir, Herr …?«

»Schultz! Ich bin Johannas Vater. Ich habe schon oft im Betrieb angerufen. Meistens werde ich sofort abgewiesen mit Ausreden wie keine Zeit oder Ähnlichem. Und wenn ich endlich einmal einen der Abteilungsleiter ans Telefon bekomme, vertröstet man mich nur. Ich bin nun zu Ihnen gekommen, Herr Daut, weil das so nicht mehr weitergehen kann! Entweder es passiert etwas, das heißt konkret, meine Tochter wird nicht an irgendeine Maschine gesetzt und da vergessen.

Oder ich werde bei Herrn Weber, dem Chef höchstpersönlich, vorstellig werden und mich beschweren!«

Herr Daut blickte Johannas Vater erstaunt an und nickte nur. »Ich verstehe Ihre Sorgen, ich werde mich drum kümmern, versprochen!«

Der Abschied bestand in einem kurzen Händedruck. Es wurden keine überflüssigen Floskeln ausgetauscht. Auf dem Rückweg im Auto dachte Johanna mit Schrecken an den nächsten Morgen, wenn sie wieder zur Arbeit musste.

Entgegen ihren Erwartungen behandelte man sie aber anders. Der Hausfriedensbruch, wie Johanna den Vorfall nannte, trug tatsächlich Früchte.

Sie hatte nur noch sechs Bänder durchzuarbeiten, an denen je achtzehn Leute arbeiteten. In dieser Abteilung war Herr Faikus zuständig. Er kümmerte sich darum, dass Johanna nur solange an einer Maschine saß, bis sie den Arbeitsvorgang beherrschte, erklärte ihr viele Arbeitsvorgänge persönlich und ließ Johanna keine Vertretung für kranke Arbeiterinnen machen.

Am Band von Herrn Faikus, der mit seiner zurückhaltenden und doch humorvollen Art stets bemüht war, Johanna weiterzubringen, war sie sehr gerne. Sie erledigte die Arbeiten mit Freude.

Schon seit einiger Zeit träumte Johanna von einem Jungen, der in der Bügelei arbeite.

Diese Abteilung lag ein Stockwerk tiefer. Da sie sich in einem Raum befand, der mit wenigen Fenstern ausgestattet war, herrschte darin im Juli die reinste Sauna, und oft klappten die Leute einfach zusammen. Es dampfte von den Bügeleisen und -pressen, und die vorwiegend jungen und älteren Männer verrichteten eine schwere, körperliche Arbeit.

Bevor Johanna in diese Abteilung kam, musste sie tagelang Reihfäden aus den fast fertigen Sakkos rausziehen. Sie wurde einer älteren Frau zugewiesen, die sie in einen weiteren Arbeitsschritt einführen

90

sollte. Die alte Frau war sehr gesprächig und erzählte aus ihrem Leben. Tagtäglich kam sie in diese Fabrik und erledigte immer die gleiche Arbeit, und das schon seit 28 Jahren. Die Frau wartete geduldig auf ihre Pensionierung, so kam es Johanna vor. Das war der Punkt, in dem diese Arbeit sie prägte: Nie wollte sie so enden wie diese Frau!

Johannas Arbeitsplatz lag direkt neben dem Büro vom Bandleiter. Durch die große Glasscheibe konnte sie beobachten, wenn was los war. Das brachte ein wenig Abwechslung in ihre stupide Arbeit. Sie zog Reihfäden aus den Sakkos und markierte maschinell die Stellen, an denen Knopflöcher platziert werden mussten. Dazu musste sie die Sakkokante in eine Schablone legen und ganz genau unter die Maschine halten. Danach betätigte sie mit dem rechten Fuß ein Pedal. Die weiße Flüssigkeit, die aus einem Röhrchen an der Maschine kam, markierte die Knopflochstelle genau.

Nicht immer wurde Johanna von den Frauen mit offenen Armen aufgenommen, denn sie mussten ihr die Arbeit erklären und sie anlernen. Das kostete jedes Mal ihre eigene knapp bemessene Zeit. Darum durfte Johanna auch nur selber nähen, wenn die Frauen ihre vorgesehene Stückzahl erreicht oder etwas vorgearbeitet hatten. War einmal eine Maschine unbesetzt, schnappte Johanna sich rasch ein Stück Stoff und nähte so, wie sie es abgeschaut hatte.

Kurz vor einer Pause ließ die Frau Johanna an ihre Maschine. Anschließend begutachtete sie das Teil, das Johanna ihr zeigte und legte es aufs Band.

»Ich habe dir etwas mitgebracht!«, sagte die alte Frau am nächsten Tag und kramte in ihrer Tasche. Sie zog eine Tafel Schokolade heraus.

»Oh, danke schön«, sagte Johanna, »das ist aber nett.«

»Du bist so lieb und hilfsbereit. Ich finde es schade, dass du bald an das nächste Band musst.«

Bestimmt hat sich diese Frau auch darüber gefreut, dass Johanna ihr Berge von Sakkos weggearbeitet hatte, auch wenn dabei manchmal ihre Pause draufgegangen war.

Sobald Johanna wollte oder die Arbeit beherrschte, entschied sie selber, zur nächsten Arbeiterin zu gehen. Niemand kontrollierte das. Wie lange sie blieb, hing auch davon ab, ob man mit einer Frau gut reden konnte, denn Johanna war immer sehr interessiert, die Lebensgeschichten dieser Frauen zu hören.

Den nächsten Arbeitsschritt, maschinell die Knöpfe an die Sakkos zu nähen, musste ihr Frau Armon erklären. Diese trug einen vorsintflutartigen gelben Rock und eine rote Rüschenbluse, die ihre üppige Figur noch mehr betonte.

Eine Kuh als Kalb verkleidet, dachte Johanna.

Die dunkelbraunen, schulterlangen Haare trug Frau Armon zu einem Pferdeschwanz gebunden.

»Hallo«, sagte er zu Johanna, als die beiden nach Feierabend die dreißig Meter zu den Bussen gemeinsam gingen. Die Fahrer waren noch nicht da, so blieb ihnen etwas Zeit miteinander zu plaudern. Er sagte, sein Name sei Georges und sie sei ihm sympathisch.

»Ich habe dich schon ein paar mal gesehen, aber mich nicht getraut, dich anzusprechen«, sagte Georges.

In Johannas Kopf überschlugen sich die Gedanken. Dieser Georges mit den langen blonden Haaren, zwei Jahre älter als sie, das war der Junge aus der Bügelei!

»Du bist mir auch schon aufgefallen«, sagte Johanna. »Und nächste Woche komme ich in eure Abteilung.«

»Oh, das ist toll, ich freue mich, dich dann zu treffen«, antwortete er.

Georges zog sein Passbild aus einer Tasche und schenkte es Johanna. »Das kannst du behalten«, und schon war er in den Bus eingestiegen, der ihn nach Frankreich fuhr.

Johanna war sehr glücklich und steckte das Bild vorsichtig in ihre Tasche.

92

Als sich Johanna abends mit ihrer Freundin Irmgard traf, wurde sofort die Neuigkeit erzählt.

»Das ist ja großartig, dass ihr endlich miteinander geredet habt. Ich drücke dir die Daumen, dass er dein Freund wird«, sagte Irmgard. Sie ahnte natürlich, dass sich Johanna verliebt hatte, und sie gönnte es der Freundin von ganzem Herzen. Irmgard half Johanna bei ihrem ersten Treffen mit Georges und gab ihr ein Alibi, denn ihre Eltern hätten sie niemals gehen lassen.

Sie wollten sich an einem Samstagnachmittag in Brebheim treffen, um zwei Stunden miteinander zu verbringen. Um dahin zu gelangen, machte Johanna an der Haltestelle Autostopp. Sie hatte kein Geld für den Bus.

Bereits nach kurzer Zeit hielt ein dunkelblauer VW an, und eine junge Frau kurbelte das Seitenfenster herunter. »Wohin möchtest du denn?«, fragte sie Johanna.

»Wenn Sie mich bis in die Stadt mitnehmen könnten, wäre das super!«, antwortete diese.

»Ich fahre nur bis Fetschingen, aber bis dort kannst du schon mal mitfahren!«

»Danke«, antwortete Johanna und stieg ein.

Von Fetschingen bis Brebheim wurde sie von einem älteren Mann mitgenommen, der nicht sehr gesprächig war.

In Brebheim wohnten Verwandte von Johanna, und sie mussten aufpassen, nicht gesehen zu werden. Georges und Johanna gingen in eine kleine Kneipe an einer Straßenecke und bestellten sich eine Coca-Cola.

Der Wirt musterte beide ganz eigenartig. So etwas Kleines und Runzliges habe er nicht mehr zu Gesicht bekommen, seit er eine Tüte mit Backpflaumen geöffnet habe, sagte Georges, und beide brachen lauthals in Gelächter aus.

»Der ist ja nur neidisch auf uns«, ergänzte Johanna.

Zu schnell verging die Zeit.

»Wir müssen aufbrechen, sonst ist mein Bus weg«, sagte Johanna.

93

Georges bezahlte die Colas und begleitete Johanna zur Haltestelle. Dort zog er sie an sich und küsste sie zärtlich auf die Stirn.

Johanna war verzaubert. Als sie in den Bus einstieg, rief sie Georges zu: »Ich freue mich auf Montag!«

Jede Pause verbrachten Georges und Johanna von nun an zusammen. Sie hatten einander viel zu erzählten, und es wurde ihnen nie langweilig.

Bald einmal musste Johanna ihren Eltern von ihrem neuen Freund erzählen, denn vor allem ihre Mutter stellte bereits eigenartige Fragen: »Wo bist du mit deinen Gedanken, und warum schmunzelst du so, Johanna?«

Johanna durfte – inzwischen war sie fast siebzehn Jahre alt – ab und zu am Samstagabend ausgehen. Sie strengte sich sehr an, damit es keinen Grund gab, ihr diesen Ausgang zu verbieten. Sie war eine folgsame Tochter, ganz, wie man es von ihr erwartete.

Meistens fuhr sie gegen 19 Uhr mit dem Bus in die Stadt, oder sie hielt einfach ein Auto an. Georges kam mit dem Zug aus dem kleinen französischen Dorf Rouhling – außer bei schönem Wetter, da kam er mit seinem Motorrad angebraust. Das war für ihn eine enorme Zeitersparnis, denn wenn er mit dem Zug kam, musste er umsteigen und Wartezeiten in Kauf nehmen.

Johanna und Georges gingen ins Galaxy, das war die neueste Diskothek mit toller Musik. Musik spielte ohnehin eine große Rolle in Johannas Leben. Sie kannte alle Radiosender und deren Programme.

Georges und Johanna bewegten sich auf der Tanzfläche und versanken in Udo Jürgens Lied *Siebzehn Jahr, blondes Haar*.

»Der Song passt zu dir!«, meinte Georges. Plötzlich beugte er sich zu ihr, strich ihr über die Haare und blickte ihr in die Augen. »Ich bin so glücklich mit dir. Du bist das hübscheste Mädchen, das ich je getroffen habe!«

Johanna antwortete nicht, sondern genoss die schöne Musik und die

94

gleichmäßigen rhythmischen Bewegungen. Sie hing ihren Träumen nach und vergaß für kurze Zeit alles andere.

Als sie wieder an ihren Tisch kamen, tranken sie die Cola aus und bezahlten die Rechnung.

Um 23 Uhr musste Johanna immer zuhause sein. Das hieß für sie, dass sie eine Dreiviertelstunde vorher den Bus nehmen musste; die Abendbusse fuhren nur einmal pro Stunde.

Pünktlich fuhr der Bus in der Stadt ab, und Georges stand traurig da und winkte Johanna nach.

Nun musste sie wieder bis Montag warten, dann sah sie ihn wieder. Telefonieren war nicht möglich.

Johannas Mutter erwartete sie im Wohnzimmer. Durch ihre grenzenlose Neugier wurde Johanna noch vorsichtiger und unnahbarer.

»Es war schön, ich habe Georges getroffen. Er ist Franzose und arbeitet in der gleichen Abteilung wie ich im Moment«, spulte Johanna ihren Text herunter, den sie sich vorher schon zurechtgelegt hatte. Dann verließ sie langsam den Raum. Nur nicht zu viel sagen, dachte sie bei sich, sonst gibt es gleich wieder irgendwelche Einschränkungen.

Der Montag kam, und Johanna lernte die verschiedenen Arbeitsschritte in der Bügelei kennen.

Es war ein Knochenjob. Die Hitze und der Dampf machten nicht nur ihr zu schaffen. Aber dank Georges ging alles irgendwie leichter. Er war sehr beliebt in der Abteilung, und immer wieder schaffte er es, Extrapausen für sich und Johanna rauszuholen. Während diesen zeigte er ihr kleine Tricks, wie man den Kreislauf in Schwung halten konnte. Überall standen kleine Plastikwannen mit eiskaltem Wasser. Sie tauchten ihre Unterarme darin ein und genossen die angenehme Kühle.

»Ich freue mich schon auf nächsten Samstag«, flüsterte Johanna ihm zu.

Die beiden wollten ihre Liebe vorerst noch etwas geheim halten.

95

»Ich werde wieder an der Bushaltestelle auf dich warten«, antwortete Georges leise.

Aber bis endlich Samstag wurde, ging es noch so lange …

In der Diskothek saßen beide wieder ganz glücklich bei ihrer Cola und diskutierten.

»Ich habe eine Schwester in Kalifornien, und ich spare mein Geld, damit ich sie bald besuchen kann. Am liebsten würde ich dorthin auswandern, denn dort ist oft schönes Wetter, und in der Nähe des Meeres würde ich mich sehr wohlfühlen.«

»Kalifornien … das klingt wunderschön. Ich habe keine Ahnung, wo das liegt.«

»Kalifornien liegt an der Westküste der USA und grenzt an den Pazifischen Ozean. Die Hauptstadt heißt Sacramento. Mich fasziniert alles, was meine Schwester vom Wüstengebiet Death Valley erzählt. Dieser Name stammt aus der Zeit der ersten Siedler, die an die Küste kamen. Qualen von Hitze und Durst müssen sie erlebt haben, als sie das *Tal des Todes* durchquerten. Das erinnert mich an meine tägliche Arbeit.«

»Das ist ja sehr interessant, woher weißt du das alles?«, fragte Johanna und blickte Georges bewundernd an.

»Ich lese viel darüber, und natürlich erfahren ich vieles auch aus den Erzählungen meiner Schwester, die uns einmal im Jahr besuchen kommt.« Seine Gedanken schienen ihn ein Stück davon zu tragen. »Jedes Mal, wenn sie kommt, erzählt sie die tollsten Geschichten und bringt mir immer Geschenke mit. Weißt du, ich bin ihr einziger Bruder, ihr *kleiner Bruder*, wie sie sagt. Dabei ist sie nur ein Jahr älter als ich, und ich bin mindestens einen Kopf größer.«

»Was macht deine Schwester in Kalifornien?«, fragte Johanna.

»Sie arbeitet im Hotelfach«, antwortete Georges. »Ich glaube, sie verdient da sehr gut.« Er sah Johanna an und sagte: »Mein Job in der

96

Fabrik gefällt mir nicht. Es ist eine langweilige Arbeit, ohne Zukunftsperspektiven, ungesund und schlecht bezahlt!«

Die Bestimmtheit, die Johanna in Georges Blick sah, machte ihr Angst. Sie wollte Georges nicht verlieren. Wenn er ginge, wäre sie ganz alleine und so gebunden – an ihre Lehre, an ihre Familie, an deren Erwartungen. Insgeheim hoffte sie, dass er das Geld noch lange nicht zusammen bringen würde.

Im Sommer zog die gesamte Firma von Fetschingen in ein riesiges Gebäude im Nachbardorf Güdingen um.

Johanna und Georges hatten ihre Bedenken, denn es sollten auch andere Arbeitszeiten eingeführt werden.

»Unsere kleinen Schmuseeckchen sind dann auch verschwunden«, sagte Georges.

Aber zuerst waren da noch die dreiwöchigen Betriebsferien im Juli.

Johanna hatte vor, ihr Fahrrad fahrtüchtig zu machen und Georges in Frankreich zu besuchen. Irmgard hielt das für eine gute Idee und versprach, sie zu begleiten.

»Dann nehmen wir viel zu trinken mit und ein Picknick, denn es ist ein weiter Weg«, sagte Irmgard.

»Wir werden wohl lange weg sein, was soll ich nur zuhause sagen?«, fragte Johanna. Sie hatte Angst, dass ihre Mutter ihr diese Fahrradtour verbieten könnte.

»Wir sagen einfach nicht, wohin wir fahren, sondern nur, dass wir hier in der Nähe rumkurven«, gab Irmgard zur Antwort. Und sie fügte an: »Und das Picknick organisiere ich!«

»Gute Idee, machen wir das«, antwortete Johanna. Sie empfand dabei keinerlei schlechtes Gewissen.

Kurz vor den Betriebsferien trafen sich Johanna und Georges nochmals in der Stadt in ihrer Lieblingsdisco. Sie tanzten die ganze Zeit und waren glücklich. Mitten auf der Tanzfläche konnten sie stehen bleiben und sich küssen. *I want you, I need you, I love you* von Elvis dröhnte aus der Musikbox. Alles ringsum versank.

Rechtzeitig brachen sie Richtung Bushaltestelle auf. Sie sahen den Bus bereits kommen und rannten über die Straße. Plötzlich hörten sie Bremsen quietschen, und Johanna stürzte auf den Bürgersteig. Georges, der sie an der Hand hielt, hatte sie im letzten Moment über die Straße gezogen und nach vorne geschubst. Ein dunkler Wagen fuhr hupend davon.

Die Leute blieben schockiert stehen. »Das war knapp«, sagte ein Passant und schüttelte den Kopf.

Johanna weinte und schlotterte vor Angst. Ihre Strumpfhose war kaputt gegangen, und Hände und Knie schmerzten.

Georges nahm sie in seine Arme. »Alles nicht so schlimm, ich bin ja bei dir«, flüsterte er ihr ins Ohr.

Der Bus war abgefahren.

»Ich werde zuhause Ärger kriegen, denn jetzt bin ich nicht pünktlich daheim«, sagte Johanna.

Georges hielt sie immer noch fest in seinen Armen, und Johanna akzeptierte ohne Widerrede, dass er sie mit dem nächsten Bus nach Hause begleitete.

»Ich werde deinen Eltern alles erklären, bestimmt wird es nicht so schlimm sein, wie du dir das vorstellst«, sagte Georges.

Johanna wurde bereits erwartet. Ihre Eltern waren sehr erstaunt, dass sie von einem jungen Mann nach Hause gebracht wurde. Doch Johanna stand unter Schock, sie konnte gar nichts sagen. Sie verabschiedete sich von allen und ging in ihr Zimmer hoch, während Georges ihren Eltern erzählte, was passiert war.

Am nächsten Tag erfuhr Johanna, dass ihr Vater Georges nach Hause gefahren hatte, da dieser keine Möglichkeit mehr gehabt hatte, mit einem öffentlichen Verkehrsmittel nach Frankreich zu kommen. Sie erwartete, dass ihr Fragen gestellt oder Bemerkungen zu diesem Vorfall gemacht wurden. Aber es geschah nichts Dergleichen. Es wurde nie wieder darüber gesprochen. Scheißfamilie, dachte Johanna.

Die Betriebsferien fingen an, und Johanna traf Georges nicht mehr. Er hatte kein Telefon, und seine genaue Adresse kannte sie nicht. Sie musste drei endlose Wochen warten, um Georges wieder zu sehen.

In diesen Ferien ging sie oft ins Schwimmbad und schwamm Kilometer um Kilometer. Sie stoppte immer wieder ihre Zeit und versuchte, diese am nächsten Tag zu übertreffen.

Am Kiosk kaufte sie sich einen Roman von Jerry Cotton, *Mit Vollgas in den Abgrund*, und begann darin zu lesen. Leider vergaß sie zuhause, die Lektüre zu verstecken. Als ihr Vater das Heft entdeckte, nahm er es weg und warf es in den Müll mit den Worten: »So eine Schundliteratur wird bei uns nicht gelesen.«

Ende August 1971 begannen etwa 500 Leute in der neuen Firma zu arbeiten. Es herrschte großes Durcheinander, und jeder suchte seinen Platz.

Johanna suchte Georges. Da sie keinen festen Arbeitsplatz hatte, fiel es niemanden auf, wie sie zum Parkplatz zu den drei Firmenbussen lief, die aus Frankreich kamen. Immer wieder stiegen Leute aus mit kleinen Taschen oder Rucksäcken, in denen sie ihre Pausenbrote und Getränke mit sich trugen. Georges war in keinem der Busse. Er hätte mich sicher auch gesehen, dachte Johanna.

Bis zur ersten Pause, die von einer schrillen Glocke eingeläutet wurde, durchsuchte sie die ganze Firma. In dieser Frühstückspause endlich entdeckte sie Fabienne, ein Mädchen aus Rouhling, das Georges kannte.

»Weißt du, wo Georges ist?«, fragte Johanna. »Ich habe überall nach ihm gesucht.«

»Georges hatte vor zwei Wochen einen Motorradunfall.«

»Oh nein«, murmelte Johanna, »das ist unmöglich.«

»Doch, leider war es so«, sagte Fabienne. »Georges raste durch ein Dorf. Als das Auto vor ihm an einem Fußgängerstreifen anhielt, um einen Mann über die Straße zu lassen, konnte er nicht mehr bremsen. Sein Motorrad hat das Dach des Autos mitgerissen, den Fußgänger erfasst und schwer verletzt. Georges wurde meterweit durch die Luft geschleudert und stürzte mit dem Kopf in den Rand des Gehsteiges. Er war sofort tot.« Fabienne stockte und fing an zu weinen. »Er war so ein lieber Kerl, wir hatten als Kinder oft zusammen gespielt«, sagte sie.

In Johanna brach eine Welt zusammen. Sie rannte heulend durch die Firma und schrie »Nein, nein!« in einem fort. Sie wusste nicht mehr, was sie tat. Alle sahen sie an, niemand verstand, was los war.

Herr Daut packte sie am Arm: »Hey Johanna, was hast du denn? Was ist passiert? Bist du am Durchdrehen?«

Er brachte Johanna auf die Krankenstation und rief einen Sanitäter an. Johanna war ohnmächtig geworden.

Gegen Feierabend konnte sie langsam aufstehen. Sie fuhr wie immer mit dem Bus nach Hause, ging wortlos in ihr Zimmer und heulte sich in den Schlaf.

Morgens am Frühstückstisch, den Johannas Vater wie immer für sie beiden, die als einzige im Haus so früh aufstehen mussten, gedeckt hatte, fragte er: »Johanna, bitte sage mir, was dich bedrückt. Ich kann nicht mit ansehen, wie du so abwesend bist. Was sinnierst du?«

»Ich versuche zu vergessen«, antwortete Johanna. »Denn auf das Vergessen kann ich mich meistens verlassen. Es ist ein Schutz, so wie die schwarze Farbe, mit der ein Tintenfisch das Meer verdunkelt, um darin zu verschwinden. Das Vergessen schützt mich vor mir selbst, auch wenn ich mir dabei abhanden komme.«

Johannas Vater schüttelte nachdenklich den Kopf. Er verstand nicht, was seine Tochter meinte. Schweigend trank er seinen Kaffee fertig und brachte Johanna runter ins Dorf zur Haltestelle.

Herr Daut, der immer noch zuständig für den Lehrling war, küm-

100

merte sich sehr intensiv um Johanna. Er fragte, ob es ihr besser ginge und ob sie nicht lieber ein paar Tage zu Hause bleiben wollte.

»Ich vermisse ihn so, wir waren sehr glücklich«, schluchzte Johanna und brach wieder in Tränen aus.

Ihrem Vorgesetzten tat das alles sehr leid. Er fühlte mit Johanna und konnte sie gut verstehen, denn er hatte Georges auch gekannt.

»Was ist eigentlich am Montag mit mir passiert, nachdem ich Georges nicht gefunden habe?«, fragte Johanna.

»Bevor du zusammengebrochen bist, hast du mich gebeten, sofort dafür zu sorgen, dass die Firma schließt, denn du habest einen Freund verloren.«

Johanna wusste von alldem nichts mehr. Langsam ging sie wieder an ihre Arbeit, so wie man es von ihr erwartete. Was hätte sie auch sonst tun sollen?

Am darauffolgenden Samstag fuhren Irmgard und Johanna mit den Fahrrädern nach Rouhling. Johanna erzählte ihren Eltern nicht, was sie vorhatte.

»Du musst wissen, was du machst«, meinte Irmgard.

»Wenn ich sie einweihe, dann verbieten sie mir garantiert die Fahrt an das Grab von Georges. Da bin ich sicher!«

Die Fahrradtour nach Rouhling dauerte etwa zwei Stunden. Unterwegs redeten Irmgard und Johanna kein Wort. Sie machten auch keine Pause. Johanna fuhr voraus und hatte nur ein Ziel: Endlich anzukommen und sich mit eigenen Augen zu überzeugen, dass Georges tot war.

Schon von weitem sah sie auf dem kleinen Friedhof das mit weißen Lilien abgedeckte Grab. Langsam ging sie darauf zu und las die Schrift auf dem hölzernen Kreuz.

»Georges ist nicht einmal 19 Jahre alt geworden«, sagte sie leise zu Irmgard, die neben ihr stand und sie um die Schultern fasste.

»Ja, das ist sehr traurig. Es tut mir so leid.«

Johanna wollte ein Gebet sprechen, aber so sehr sie auch überlegte, es fiel ihr nichts anderes ein als das Tischgebet, das immer wieder

101

zuhause gesprochen wurde. So sprach sie leise: »Komm Herr Jesu, sei unser Gast und segne, was du uns bescheret hast!«

Danach fasste Johanna Irmgards Hand und fing an zu weinen. Irmgard zog sie auf eine nahe Holzbank, und sie setzten sich hin.

»Ich werde Georges niemals vergessen können. Ich erinnere mich an so vieles, was wir zusammen erlebt haben. Er war ein sehr wichtiger Teil meines Lebens«, schluchzte Johanna.

Nach einer Weile sagte Irmgard: »Erinnern ist das Festhalten von Dingen, die wir lieben und nicht vergessen wollen.«

Die tröstenden Worte ihrer Freundin taten Johanna unbeschreiblich gut.

»Ich werde mich nie in meinem Leben auf ein Motorrad setzen!«

Langsam standen sie auf, um sich auf den Heimweg zu machen. Johanna blickte noch einmal zum Grab. Traurig kehrten die beiden Mädchen zu ihren Rädern zurück und fuhren nach Hause.

8. Die Prüfungen

In der neuen Firma wurden für die gesamte Belegschaft hellblaue Schürzen abgegeben, sogenannte Arbeitskittel. Gegen geringe Bezahlung konnte jede Arbeiterin so eine Schürze erwerben.

»Johanna, wir haben auch deine Größe hier, probier' mal so einen Kittel«, sagte Herr Daut.

»Ich werde nie im Leben eine Nummer in dieser Firma sein, und deshalb habe ich kein Interesse an einem Kittel«, entgegnete sie ernst.

Herr Daut war erstaunt über Johannas Ton, ließ ihr aber ihren Willen, denn lange schon spürte er die Veränderung, die in Johanna vorging.

Johanna spielte mit ihm, sie wickelte ihn um den Finger. Sie ließ ihn nach Feierabend im Auto warten. In der größten Stresssituation ging sie an ihm vorbei, lachte ihn an und lenkte ihn ab.

Johanna setzte sich durch. Als die Prüfungstermine immer näher rückten, ließ man sie lernen. Alleine und mit Hilfe der Mitarbeitenden lernte sie, einen kompletten Herrenanzug in sorgfältig hintereinander stattfindenden Arbeitsschritten anzufertigen. Johanna ignorierte jede Anfrage um Mithilfe an einem Arbeitsband und ließ sich von nichts ablenken. Sie konzentrierte sich nur noch auf ihr Ziel, die Prüfungen zu bestehen. Dabei blieb sie weiterhin offen und freundlich den Mitarbeitern gegenüber und fand bei diesen gebührende Unterstützung.

Im Dezember 1971 holte sich Johanna Hilfe von einem Schneidermeister und Vorarbeiter namens Lehmann. Er stand ihr mit Rat und Tat zur Seite und nutzte außerdem seine Pausen dazu, ihre Arbeiten zu korrigieren.

»Ich finde deine Anzüge schon sehr gut, jedoch fehlt ihnen noch der letzte Schliff. Außerdem musst du die Knopflöcher noch sauberer hinkriegen«, sagte Herr Lehmann. »Also, üben, üben, üben!«

Johanna hatte das Gefühl, viel Versäumtes nachholen und einen Endspurt hinlegen zu müssen.

Herr Lehmann bedauerte, dass er ihr nicht mehr Zeit widmen konnte. »Wenn du möchtest, kannst du die kommenden Samstagvormittage zu mir nach Hause kommen, damit ich dir intensiv helfen kann, dich auf die Prüfung vorzubereiten«, schlug er vor.

»Da muss ich zuerst meine Eltern fragen, und auch, ob mein Vater mich zu Ihnen nach Bübingen bringen kann, aber das ist ein sehr netter Vorschlag, danke!«

Johannas Eltern waren natürlich skeptisch und reagierten außerdem mit dem üblichen Misstrauen.

»Warum sollte dieser Herr Lehmann so etwas tun, jeden Samstag einem fremden Mädchen Privatunterricht erteilen?«

Johanna, die als Einzige ermessen konnte, wie es um ihren Ausbildungsstand bestellt war, antwortete mit einer Überzeugung, dass es ihrer Mutter die Sprache verschlug: »Ihr habt ja keine Ahnung, wie es ist, in einer riesigen Fabrik zu arbeiten. Die setzen mich, den einzigen Lehrling, ständig irgendwo ein, weil es ihnen egal ist, was aus mir wird. Permanent wechseln meine Vorgesetzten, und einen Ansprechpartner habe ich schon gar nicht! Ich weiß nicht, ob ich in all dem Trubel meine Abschlussprüfung überhaupt schaffe. Mal ganz abgesehen davon, dass mir noch sehr vieles unklar ist.«

Ohne weitere Fragen und Bedenken zu äußern, blickten sich ihre Eltern an, und ihr Vater sagte: »Ich werde Johanna am Samstag hinfahren und mit dieser Familie Lehmann sprechen. Bübingen ist nur ein kleiner Umweg, ich muss ja sowieso in die Firma.«

Am kommenden Samstag brachte der Vater sie zur Familie Lehmann. Er war überrascht von der Freundlichkeit, die ihm diese entgegenbrachte.

»Möchten Sie auch eine Tasse Kaffee?«, fragte Frau Lehmann. »Wir sind gerade beim Frühstück.«

»Nein danke, ich muss zur Arbeit. Dann hole ich Johanna um halb zwölf wieder ab, wenn es recht ist. Und vielen Dank!«, sagte ihr Vater, bevor er wieder die Treppe hinunter ging zu seinem Auto.

Lehmanns hatten zwei erwachsene Kinder, Jürgen und Karin, die Johanna sofort ins Herz schlossen. Zuerst wurde ausgiebig gefrühstückt, dann durfte Johanna die Nähmaschine benutzen und nach kleinen Vorlagen verschiedene Arbeiten anfertigen. Herr Lehmann ging sehr gewissenhaft vor. Er verschaffte sich zuerst einen Überblick vom *Stand der Dinge,* wie er zu sagen pflegte. Dabei machte er sich Notizen.

Der Vormittag war sehr schnell vorbei, und schon kam Johannas Vater, um sie abzuholen. »Na, wie war es?«

»Ich glaube, ich habe mehr gelernt als in einer Woche bei der Firma *Weber*«, antwortete Johanna. Sie freute sich schon auf das nächste Mal.

Auch Johannas Mutter schien interessiert zu erfahren, wie es war. Sie fragte Johanna über die Wohnungseinrichtung und über das Aussehen von Frau Lehmann aus. Alles andere kümmerte sie nicht.

Von da an wurde Johanna jeden Samstag zu Lehmanns gefahren. Meistens saßen sie noch beim Frühstück, und sie durfte sich dazu setzen.

»Möchtest du meine *Bravo* lesen?«, fragte Karin, die mit ihrer roten Schleife im glatten schwarzen Haar beinahe aussah wie ein Schokoladenei.

»Ja, wenn ich darf.«

»Natürlich, sonst würde ich dich doch nicht fragen!«

»So was ist bei uns zuhause streng verboten. Wenn das meine Eltern wüssten, sie würden mich bestrafen«, sagte Johanna.

»Aber, aber«, sagte Herr Lehmann, »das wird doch wohl nicht so schlimm sein!«

»Besser, die erfahren es nicht«, antwortete Johanna, und Herr Lehmann zwinkerte ihr zu: »Von mir sicher nicht!«

Dann meinte er: »In einer halben Stunde fangen wir an. Ich habe schöne Stoffe, da kannst du dir was draus nähen!«

Johanna fertigte sich unter seiner Anleitung ein wunderschönes Gilet an. Es erforderte fast genau dieselben Arbeitsschritte wie eine Herrenweste, die Johanna bei der Abschlussprüfung würde nähen müssen. Das Gilet war nur etwas länger. Johanna zog es an und drehte sich voller Stolz vor dem Spiegel.

»Das ist wunderschön, vielen Dank für Ihre Hilfe! Alleine hätte ich so etwas niemals nähen können«, sagte Johanna.

»Was weiß man schon, wenn das Wissen nicht zur eigenen Erfahrung wird?«, antwortete Herr Lehmann.

Mittlerweile war es Frühling geworden. Morgens um acht Uhr, wenn die Berufsschule begann, war es bereits hell. Die ersten Osterglocken blühten in den Gärten, und Sonnenstrahlen kamen durch das große Klassenzimmerfenster. Bald würde es die Abschlusszeugnisse geben.

Der Unterricht endete um 14 Uhr. In der Mittagspause gingen Uwe und Johanna meistens in die Stadt und schwänzten ab und an die letzten Stunden vor Schulschluss. Sie liefen durch die Stadt, verbunden mit einem langen Schal, der Uwe gehörte. Johanna war nicht verliebt in Uwe, sie lachten viel und waren die besten Freunde.

Das Wichtigste für beide war, vom Lehrer, dem Gewerkschaftsstudienrat Mayer, die Unterschrift zu bekommen, die bestätigte, dass sie anwesend waren.

Johanna machte an den Samstagen sichtbar Fortschritte. Sie lernte wichtige Arbeitsschritte und Zusammenhänge in einer ruhigen und entspannten Atmosphäre. Familie Lehmann behandelte sie wie eine eigene Tochter.

»Es kam eine lange Dürre«, sagte Herr Lehmann und blinzelte Johanna zu. Und seine Frau hatte immer ein extra Stück Kuchen oder Schokolade für sie bereitstehen. »Damit du mir nicht aus dem Leim fällst«, pflegte sie zu sagen.

Herr Lehmann beobachtete mit einem gewissen Stolz, wie Johanna mit dem Stoff umging, den er ihr zum Bearbeiten gab. Er ließ ihrer Fantasie freien Lauf, gab ihr wertvolle Tipps und kommentierte wohlwollend ihre Arbeit. »Leidenschaft ist ein großartiges Ventil«, sagte er zu seiner Frau, als diese mit einer Tasse Kaffee ins Arbeitszimmer kam. »Ich glaube, Johanna hat Talent. Und sie arbeitet sehr sorgfältig und konzentriert.«

Johannas Eltern fanden, sie müssten sich irgendwie revanchieren. So lud der Vater Lehmanns zum Essen ein.

An einem Sonntagabend standen Frau und Herr Lehmann pünktlich um 18 Uhr an der Tür. Johanna öffnete ihnen und begrüßte sie freundlich. Frau Lehmann trug ein wunderschönes kariertes Kostüm in hellen Farben, und Herr Lehmann hatte einen dunkelblauen Anzug an.

»Bitte kommen Sie doch herein, meine Eltern warten schon!«, sagte Johanna und hielt die Tür weit auf.

Ihre Mutter hatte ein feines Abendessen zubereitet, es gab Leberknödel und Kartoffelpüree. Die Erwachsenen unterhielten sich über alles Mögliche, und Johanna blieb brav am Tisch sitzen. Als sie mit dem Essen fertig waren, räumte sie den Tisch ab und machte den Abwasch. Ihre Eltern und die Lehmanns zogen sich ins Wohnzimmer zurück und genossen einen Mirabellenschnaps – aus eigenem Anbau, wie der Vater stolz erklärte.

»Wir sind Ihnen sehr dankbar, dass Sie unserer Tochter Nachhilfeunterricht erteilen. Sie geht immer gerne zu Ihnen und lernt sehr viel, wie sie uns erzählt«, sagte Johannas Vater.

»Das mache ich gerne, denn ich sehe ja, wie Johanna in so einer großen unorganisierten Fabrik unterzugehen scheint. Und da bald die Abschlussprüfung ist, habe ich mir vorgenommen, sie bestmöglich zu unterstützen.«

»Wirklich sehr freundlich von Ihnen!«, sagte Johannas Mutter und reichte die Schale mit dem Salzgebäck herum.

Als die Lehmanns gegangen waren, sagte ihre Mutter: »Die haben sich aber richtig Zeit gelassen mit dem Nachhausegehen!«

Irmgard und Johanna verbrachten den Samstagabend zusammen. Sie plauderten, hörten Musik und wollten Alkohol trinken. Irmgard besorgte Coca-Cola, Cognac und Gläser.

»Weißt du, was Ritschi mich kürzlich gefragt hat?«

»Nein, woher soll ich das wissen?«, antwortete Irmgard.

»Ob ich schon mal etwas gestohlen habe.«

»Und, was hast du geantwortet?«

»Nein, natürlich nicht. Ich bin ja schließlich keine Verbrecherin. Ganz die Wahrheit war das aber nicht … Ich habe in der Fabrik manchmal die eine oder andere Garnrolle geklaut. Aber die brauchte ich, um zuhause zu nähen.«

»Das ist okay, finde ich«, antwortete Irmgard, »schließlich musst du ja üben!«

Sie mischten die Getränke in großen Gläsern, ein Drittel Cognac, zwei Drittel Cola.

Irmgard und Johanna lachten viel und erzählten sich Geschichten. Bis Johanna irgendwann ans Nachhausegehen dachte.

»Oh, es ist spät geworden, ich muss aufbrechen!« Aber aufstehen konnte Johanna nicht mehr, sie fiel einfach um.

Irmgard erschrak heftig. In Panik rief sie ihren Bruder und die große Schwester zu Hilfe, die in der oberen Etage im gleichen Haus wohnten.

»Seid ihr denn verrückt geworden?«, schrie ihre Schwester. »Soviel Alkohol zu trinken! Vielleicht hat Johanna jetzt eine Alkoholvergiftung und muss ins Krankenhaus!«

»Wenn das passiert, werden ihre Eltern sie hart bestrafen, da bin ich mir sicher«, lallte Irmgard.

Ohne weiter zu überlegen, trugen sie Johanna ins Badezimmer. Dort erbrach sie sich. Dann legten Irmgards Geschwister Johanna mit den Kleidern in die Badewanne und ließen warmes Wasser einlaufen.

108

Doch Johanna kam nicht wieder zu Bewusstsein. Schlaff hing sie in der Badewanne.

Irmgards Bruder kochte Kaffee, während die Freundin Johanna die Kleider auszog und in die Waschmaschine steckte. »Ich muss das jetzt tun«, sagte sie zu Johanna, als diese wieder ansprechbar war, »das sind Indizien!« Kurz danach flößte sie ihr Kaffee ein.

Endlich ging es Johanna ein bisschen besser, so dass Irmgard sie nach Hause begleiten konnte. Sie läutete an der Haustür und war froh, dass Manfred die Tür öffnete. Ihm konnte sie irgendwas ins Ohr murmeln und dann mit Johanna in deren Zimmer verschwinden. Irmgard steckte Johanna ins Bett.

Die Eltern erfuhren nichts. Johanna schlief am nächsten Tag bis zum Mittag. Am Sonntag war das nichts Außergewöhnliches. Ihr Bruder weckte sie, als es Zeit zum Essen war. Sie fühlte sich nicht sehr wohl, aber die Suppe tat ihr sehr gut. Mehr brachte sie nicht hinunter.

Zurück in ihrem Zimmer legte Johanna sich aufs Bett und hing ihren Gedanken nach.

Sie kramte ihr Tagebuch aus einem Versteck hervor und begann darin zu schreiben, denn sie empfand es als sehr beruhigend und tröstlich ihre Gedanken zu hinterlassen. »Was kam der Realität näher als intime Aufzeichnungen, in denen die Dinge so ausgedrückt wurden, wie sie waren und nicht wie sie der Welt präsentiert werden sollten, dachte sie?«

Stille, weiße Vögel meiner Hoffnung
Sinken langsam
Zur Erde
Decken meine Füße zu
Doch der große Schmerz in meinem Herzen brennt weiter
Er mag nicht aufzuhören
Brennt weiter und bedeckt meine Füße
Verhindert meine Flucht

Treibt mir Tränen in die Augen
Bleibt
Geht nicht weg
Wächst empor
Umfasst meine Knie
Schleicht empor
Und legt seine kalte Hand auf meine Stirn
Ich sehe nichts mehr
Umklammere mein Herz und meine Seele
Bis ich gefühllos werde
Und erfriere
Lass mich vergessen
Ersticke die Qual in mir
Lösche mich
Ich möchte nicht mehr weiter
Lasst übrig
Vergessen
Nehmt den Schmerz
Nehmt Verzweiflung
Nehmt Hoffnungslosigkeit
Mit
Lasst übrig alles andere
Lasst übrig
Nichts

Noch immer verspürte Johanna Panik aufsteigen, wenn sie daran dachte, dass sie bald die Abschlussprüfung absolvieren musste. Doch in der neuen Firma machte sie, was sie wollte. Sie nahm ihre Ausbildung weiterhin selber in die Hand und arbeitete dort, wo sie einen Sinn darin sah. Man ließ sie in Ruhe, denn da niemand richtig zuständig war, hatte auch niemand die Verantwortung.

Sobald irgendein Bandleiter auf die Idee kam, Johanna irgendwo einzusetzen, rebellierte sie: »Ich habe im Mai Prüfungen, und wenn ich die nicht bestehe, nur weil ich an Ihrem Band eine Arbeit machen muss, die mir nicht weiterhilft, dann werde ich Sie zur Verantwortung ziehen!«

Das half. Warum habe ich das nicht schon früher so gemacht?, dachte Johanna. So leicht gab sie jetzt nicht mehr auf. Sie wusste, dass es keinen Sinn hatte, die Erwachsenen direkt zu fragen. Sie gaben einem niemals Antworten, denn damit hätten sie Verantwortung übernehmen müssen.

Im Mai 1972 fanden die schriftlichen und mündlichen Prüfungen für die Lehrlinge von *Tailor Hoff* und *Weber* statt. Die praktische Prüfung, bei der Johanna einen kompletten Herrenanzug mit Weste nähen musste, war Anfang Juni.

Die schriftlichen Prüfungen fanden unter Aufsicht zweier Herren statt. Es wurden Blätter verteilt mit Aufgaben, die es zu lösen galt. Die Fragen zum Allgemeinwissen, zur Rechtschreibung und zur Warenkunde löste Johanna problemlos. In Mathematik hatte sie große Mühe, und ein plötzliches Blackout brachte sie nahezu zur Verzweiflung. Ihre Gedanken kreisten wie verirrte Flugzeuge, die im Dunkeln eine Landebahn suchten, umher.

Uwe, der eine Banklänge weiter links saß, ahnte, dass seine Freundin Probleme hatte. Er bereitete für Johanna einen Spickzettel mit den kompletten Lösungen der Rechenaufgaben vor. In einem günstigen Moment schob er den Zettel zu Johannas Schreibtisch, und sie ließ ihn auf ihren Schoss gleiten. Nach ein paar Sekunden schob sie den Zettel unter den Rock.

Hätte man sie erwischt, wären beide gefeuert worden. Doch niemand bemerkte etwas. Johanna war überglücklich.

Nach der Prüfung nahm Uwe Johanna in seine Arme und sagte: »In letzter Minute mal wieder gut gegangen, meine kleine Johanna!«

»Ja«, erwiderte sie, »danke für deine Hilfe. Das werde ich dir nie vergessen!«

111

Zufrieden spazierten sie zur Stadtmitte und tranken eine Cola, bevor sie in die Busse stiegen und in verschiedene Richtungen nach Hause fuhren.

Die mündliche Prüfung am folgenden Tag dauerte nur zwanzig Minuten. Johanna hatte keine Mühe, die ihr gestellten Fragen zum Thema Stoffe, Qualität und Mode zu beantworten.

Zuhause ließ man sie in Ruhe. Man stellte keine Fragen, und sie musste nur noch selten im Haushalt helfen.

Für Johanna war klar, dass sie in ihrer Firma niemals soviel gelernt hatte wie alle ihre Klassenkameraden, die bei *Tailor Hoff* die Lehre absolvierten und auch kurz vor der Gesellenprüfung standen. Ihr war auch klar, dass kein kompletter Prüfungsausschuss in die Firma *Weber* kam, um ihr, dem einzigen Lehrling, die Prüfung abzunehmen. Und so musste sie den Anzug bei *Tailor Hoff* anfertigen.

Pünktlich um acht Uhr morgens stand sie am Empfang. Ein eigenartiges Gefühl kroch in ihr hoch, denn sie erinnerte sich, wie sie hier vor drei Jahren mit ihren Eltern abgeblitzt war. »Denen werde ich es zeigen«, sagte Johanna zu sich und folgte der Empfangsdame in die Fabrik.

Die Firma war riesengroß, aber sehr gut ausgestattet, wie Johanna schnell feststellte. Sie wurde dem Lehrlingsausbildner Herrn Jost vorgestellt, und man zeigte ihr die Maschine, an der sie arbeiten musste. Der Stoff für den Anzug war bereits zugeschnitten, denn sie hatte, wie alle anderen auch, nur zwei Tage mit je acht Stunden Zeit zur Fertigstellung des Anzuges. Herr Jost zeigte ihr auch die Bügelmaschine und wies die Arbeiterinnen an, Johanna sofort Platz zu machen, wenn diese daran arbeiten musste.

Maschinen, Leute und Kantine – alles war Johanna fremd. Ihre Mitschüler sah sie nicht, sie wurden strikte getrennt. Johanna kam gut voran und war sich sicher, im vorgeschriebenen Zeitrahmen fertig zu werden. Am zweiten Tag hatte sie bereits am Nachmittag den Anzug

112

für ihren Vater fertig und lieferte ihr Gesellenstück dem Prüfungsausschuss ab.

Die beiden Männer und die drei Frauen waren überrascht. »Du bist die Erste, die ihre Arbeit abgibt, Johanna«, sagte eine der Frauen, »vielen Dank!«

Johanna verabschiedete sich höflich und machte einen Rundgang durch die gesamte Fabrik. Sie stellte fest, dass man hier mehr Wert auf Sauberkeit legte, auch das Betriebsklima schien ihr angenehmer.

Am Abend kam sie erst gegen 20 Uhr nach Hause. Das war spät für den Begriff ihrer Eltern, die gerade das Wohnzimmer tapezierten.

»Wie ist es gegangen?«, wollte ihr Vater wissen, »hat alles gut geklappt?«

»Ja, ich glaube schon«, antwortete Johanna. »Das Resultat werde ich aber erst im August erfahren. Ich bin jetzt müde und will nach oben.«

»Warum bist du so spät?«, fragte ihre Mutter.

»Ich war mit denen aus meiner Klasse noch was trinken, wir feierten unseren Abschied!«, antwortete sie und verschwand aus dem Wohnzimmer.

Das war mein Abschied von der Lehre, der Berufsschule und den Mitschülern, dachte Johanna bei sich. Jeder kann jetzt tun, was er will! In ihrem Zimmer drehte sie die Musik laut auf, legte sich auf ihr Bett und schloss die Augen.

9. Sommerferien und Herbstbeginn

Zu ihrem großen Erstaunen durfte Johanna mit ihrer Freundin Irmgard zwei Wochen in die Ferien fahren, nach Frankreich, zum Mittersheimer Weiher. Die ersten Ferien ohne Eltern, die ersten Ferien überhaupt ohne ständige Überwachung und Kontrolle bedeuteten für Johanna grenzenlose Freiheit.

Rasch waren einige Habseligkeiten zusammengepackt. Irmgards Vater fuhr sie nach Frankreich. Er half ihnen beim Aufbauen des Zeltes und fuhr am gleichen Tag die etwa 50 Kilometer wieder nach Hause zurück.

»Wie toll, jetzt können wir im See baden. Wir können essen und trinken, was und wann wir wollen. Und sicher gibt es auch irgendwo ein paar hübsche Jungs«, schwärmte Irmgard und verschwand im Zelt, um sich ihren Badeanzug anzuziehen. Ihre dunklen, langen Haare band sie zu einem Pferdeschwanz zusammen. Dann schnappte sie sich das Handtuch und sah Johanna auffordernd an: »Was ist, kommst du?«

»Ja, gleich, geh schon mal vor«, antwortete Johanna.

Das Wasser war warm und angenehm weich. Die beiden schwammen um die Wette, aber Irmgard hatte keine Chance. Als sie aus dem Wasser stiegen, kamen zwei Jungs auf sie zu.

»Hallo«, sagte der eine, »ich heiße Raymond, und das ist mein Freund Patrick. Wie heißt ihr denn?«

Irmgard stellte sich und Johanna vor und fragte die Jungs, ob sie auch hier auf dem Campingplatz wohnten.

»Ja, gleich da hinten haben wir unser Zelt aufgebaut, wir sind mit unseren Freunden da. Kommt doch nachher rüber auf ein Bier«, sagte Raymond.

»Mal schauen«, antworte Irmgard und blickte Johanna fragend an.

Zurück in ihrem Zelt kicherten sie und sprachen über die beiden

Jungs. »Was ist dieser Patrick süß, der gefällt mir. Hast du seine Augen gesehen? Braun wie Schokolade. Ich möchte ihn unbedingt näher kennenlernen«, sagte Irmgard.

»Ich mag aber kein Bier«, sagte Johanna.

»Da gibt es sicher auch was anderes zu trinken, hab keine Angst, ich bin ja bei dir!«

Gegen Abend gingen die beiden zum Zelt der Clique hinüber. Sie wurden freundlich empfangen und allen vorgestellt.

»Ich lege jetzt ein paar Würstchen auf den Grill, habt ihr auch Hunger?«, fragte Raymond.

»Ja, sehr!«, antwortete Irmgard und himmelte Patrick an.

Die beiden Mädchen verbrachten einen schönen Abend mit den jungen Franzosen. Sie erzählten einander Geschichten und tranken billigen Rotwein. Irgendwann nahm Patrick eine Gitarre hervor und begann zu spielen. Er stimmte *Yesterday* von den Beatles an, und weitere Songs folgten. Johanna war total fasziniert von diesem schüchternen Jungen, der so gut Gitarre spielen und singen konnte. Das würde ich auch gerne können, dachte sie bei sich.

Den folgenden Tag verbrachten sie mit den Jungs, planschten im Wasser, spielten Federball und kauften sich am Kiosk des Campingplatzes ein Eis. Das Wetter war wunderschön, und das Thermometer kletterte auf 32 Grad.

»Johanna, wenn du nicht bald aus dem Wasser kommst, wachsen dir noch Schwimmhäute«, rief Irmgard, die auf einem Handtuch am Ufer saß.

Andere eingeölte Körper lagen ausgestreckt auf den Sonnenliegen und wirkten wie Opferdarbietungen für den Sonnengott.

Die Ferien neigten sich dem Ende zu, in vier Tagen würde Irmgards Vater sie wieder abholen.

Raymond umschwärmte Johanna, aber irgendwie nahm sie ihn nicht wahr, er war nicht ihr Typ. Irmgard und Patrick waren inzwischen ein Paar, und Johanna übernachtete jede Nacht alleine im Zelt. Sie war Irmgard nicht böse, sondern genoss die Ruhe und Einsamkeit. Sie träumte von einem jungen Mann, der mit seinem Campingbus etwas weiter weg lagerte und der sie jedes Mal beim Vorbeigehen so seltsam ansah, dass ihr ganz warm ums Herz wurde.

Eines Abends, die Clique war auf dem Rückweg vom Kiosk zu ihren Zelten, nahm Johanna all ihren Mut zusammen und hielt dem Blick stand, den der Campingbusmann ihr zuwarf. Im Zelt erzählte sie Irmgard von dieser seltsamen Begegnung und ihren Träumen.

»Willst du denn die ganze Zeit hier verplempern? Komm, wir gehen rüber und sprechen mit ihm«, meinte Irmgard.

Johanna fasste sich ein Herz und ging mit.

»Hallo«, sagte Irmgard zu dem fremden Mann, »seit wann bist du hier?«

»Ich bin den ganzen Sommer über auf dem Platz, ich bin Dauermieter«, antwortete er. »Darf ich euch einen Drink anbieten?«

»Ja, klar«, antwortete Irmgard und schubste Johanna nach vorne. »So, nun sei nicht so schüchtern!«, flüsterte sie ihr zu. »Ich heiße Irmgard, und das ist meine Freundin Johanna!«

»Das ist aber ein schöner Name! Hallo Johanna, freut mich, dich kennenzulernen.«

»Hallo«, piepste Johanna und fragte nach seinem Namen.

»Ich heiße Christian und lebe normalerweise in Forbach. Aber wie gesagt, den Sommer über bin ich meistens hier. Ein wunderschönes Fleckchen Erde!«

Ganz leicht kamen Johanna und Christian ins Gespräch. Sie merkten gar nicht, wie sich Irmgard leise zurückzog.

»Was machst du, Johanna, woher kommst du?«

Johanna erzählte bereitwillig von ihrem Leben. Sie spürte eine Vertrautheit, wie sie sie noch selten erlebt hatte. Christian gab ihr das Gefühl, vollkommen zu sein.

»Ich werde am ersten September bei *Tailor Hoff* anfangen zu arbeiten.

116

Der Personalchef hat mir eine Stelle angeboten, weil ich die einzige von 19 Lehrlingen war, die die praktische Prüfung mit der Note *Sehr gut* abgeschlossen hat.« Johanna erzählte, wie eigenartig sie sich fühlte, nach drei Jahren wieder in diese Firma zu kommen, die ihr den Weg zu einer Ausbildung versperrt hatte.

»Dann hast du es ihnen ja irgendwie heimgezahlt«, meinte Christian.

»Nein, das war kein Heimzahlen«, erwiderte Johanna. »Ich ging einfach da hin, erledigte die mir gestellte Aufgabe ruhig und konzentriert und wusste von Anfang an, dass ich es schaffe.«

»Das ist großartig«, antwortete Christian, »bestimmt waren deine Eltern und dein Lehrmeister mächtig stolz auf dich.«

»Meine Eltern verloren kein Wort darüber und wunderten sich nur, dass ich bei der Firma *Weber* sofort kündigte und zur Konkurrenz ging. Denn auch die Firma *Weber* hat mir eine gute Stelle angeboten. Schließlich brauchten sie in den neuen Räumlichkeiten Führungskräfte und Facharbeiterinnen. Ich war das einzige Lehrmädchen, und ich kannte alle Maschinen und die Leute, die daran arbeiteten. Überall war ich beliebt, aber trotzdem hatte ich die Nase gestrichen voll, ich wollte einfach nicht mehr da arbeiten.«

»Und was, glaubst du, wird aus dir?«

»Ich weiß es nicht. *Mädchen heiraten ja sowieso!*, sagt meine Mutter immer.«

Christian und Johanna diskutierten bis spät in die Nacht. Johanna war sehr glücklich.

»Möchtest du heute Nacht hierbleiben?«, fragte Christian.

Innerhalb einer Sekunde rasten Johannas Gedanken von *Überhaupt nicht* zu *Irgendwie schon*, um dann schlussendlich bei *Ja, ich will* zu landen.

»Ja, ich bleibe hier, ich möchte bei dir sein!«

Christian sah sie an, und plötzlich ging alles ganz schnell. Er legte den Arm um ihre Hüfte und zog sie an sich. Ehe Johanna lange überlegen konnte, küsste er sie. Seine Lippen waren weich und warm, sein Kuss verblüffend zärtlich.

Sommerfinger kamen durch das kleine Fenster des Wohnwagens, als Johanna aufwachte und den Duft frischen Kaffees einatmete.

»Guten Morgen Johanna, hast du gut geschlafen?«, fragte eine neu vertraute Stimme. »Ich habe frische Croissants geholt, wir können gleich frühstücken.«

Christian hatte den kleinen Tisch vor dem Campingbus gedeckt. Johanna zog das weiße T-Shirt über, das über einem Stuhl hing und ging nach draußen. »Hallo, Christian«, sagte sie und lächelte ihn an.

Er war überwältigt von ihrem Anblick. »Je t'aime!«, sagte er nur.

Das Frühstück war das Beste, was Johanna seit langem gegessen hatte.

»Ich habe mir Gedanken über das gemacht, was du mir gestern Abend erzählt hast. Weißt du, was wir mit 16 oder 22 wollen, ist nicht unbedingt das, was wir mit 32 wollen. Wir treffen diese Entscheidungen in unserer Jugend und erkennen nicht, wie bedeutsam sie sind. Deshalb überlege dir gut, was du aus deinem Leben machen willst. Du alleine entscheidest!«

»Das ist nicht so einfach. Zuhause kann ich meine Meinung nie frei äußern. Alles, was ich tue, wird kontrolliert und oftmals negativ behandelt, vor allem von meiner Mutter. Es heißt immer: *Solange du deine Füße unter unseren Tisch streckst, hast du zu tun, was wir dir sagen!*«

»Das ist ja furchtbar«, antwortete Christian, »wie kann man nur so ein reizendes Mädchen …« – er unterbrach sich selbst, schüttelte den Kopf und wechselte das Thema. »Was wollen wir heute unternehmen? Hast du Lust zu schwimmen, oder möchtest du lieber einen langen Spaziergang machen?«

»Lieber schwimmen, zum Rumlaufen ist es viel zu heiß«, antwortete Johanna.

Johanna nahm ihre Siebensachen aus dem Zelt, legte Irmgard einen Zettel mit einer knappen Information hin und zog bis zum Ende ihrer Ferien zu Christian.

118

Als Irmgards Vater eintraf, hatten sie das Zelt bereits abgebaut und ihre Sachen in die kleinen Reisetaschen verpackt. Sie luden die Taschen in das Auto ein und fuhren langsam aus dem Areal. Christian stand vor seinem Wohnwagen und winkte Johanna zu. Sie lächelte ihn an und winkte zurück. Es war klar, dass sie einander niemals wiedersehen würden.

Johanna schossen Gedanken durch den Kopf:

Liebe ist Spannung und Erfüllung
Sie ist Sehnsucht und Vermeidung
Sie ist Freude und Schmerz
Eines gibt es nicht
Ohne das andere

»Na, wie war es?«, fragte Johannas Mutter. «Was bist du braun geworden!«

Dominik rannte auf Johanna zu und hielt sie ganz fest.

»Es war super, wir waren viel im Wasser und haben uns amüsiert. Jetzt freue ich mich auf das Abendessen!«

»Das kann ich mir vorstellen«, antwortete ihre Mutter, »mir scheint, du hast da wohl kaum gegessen.«

»Lang und dürr wie ein australischer Sommer«, bemerkte ihr Bruder Manfred, der gerade ins Zimmer kam. »Hallo, wie geht's?«

Der August neigte sich dem Ende zu, und es war immer noch sehr heiß. Johannas Vater hatte den Kindern eine alte Blechwanne in den Hof gestellt und mit Wasser gefüllt, damit sie sich abkühlen konnten.

In diesem Sommer probierte Johanna das erste Mal Haschisch. Ritschi und seine Freunde rauchten es regelmäßig in ihrem Partykeller und schwärmten von der Wirkung dieser Droge.

»Johanna, probier' doch mal, das ist total gut«, sagte Ritschi und hielt ihr einen Joint hin.

Johanna wusste nicht, was das genau war, aber sie vertraute Ritschi und probierte. Sie zog daran wie an einer Zigarette und inhalierte. Diesen Vorgang wiederholte sie einige Male.

Nonstop lief die Schallplatte *Satisfaction* von den Rolling Stones. Johanna sah ihre Freunde in einem Taumel von Glück und Verwirrung umhertanzen und realisierte sonst gar nichts mehr. Ihr war eigenartig schlecht, und sie hatte das Gefühl zu stürzen. Sie fiel in die Tiefe und schlug nie auf.

»Hilfe!«, schrie Johanna und schwankte zum Plattenspieler. Sie hob ihn auf und schleuderte ihn zu Boden, sie zertrümmerte die Platten, sie war vollkommen außer sich. Erst als Ritschi sie in die Arme nahm und festhielt, wurde sie seltsam ruhig.

Die Wirkung der Droge ließ nach. Johanna war schlecht und elend zumute und sie nahm sich vor, nie mehr im Leben so etwas anzurühren.

Eines Abends vernahm sie im Vorgarten von Ritschis Elternhaus ein leises Wimmern. Als sie nachschaute, was das war, sah sie Ritschi zur Seite gekrümmt auf dem Boden liegen. Sie lief zu ihm.

»Ritschi, was ist los, was ist passiert? So antworte doch!« Johanna sah, dass er vollkommen high war und am ganzen Körper zitterte. Seine Stirn war eiskalt. Sie suchte kleine Steinchen und warf sie an das Fenster seines Bruders Michael. Sie musste sehr vorsichtig sein, damit Ritschis Eltern nichts merkten.

Endlich reagierte Michael und kam in den Garten. »Was ist passiert? Ritschi, hey Ritschi, komm zu dir!«

Zusammen trugen sie ihn in sein Zimmer. Johanna schlich ins Bad und holte einen nassen Waschlappen, während Michael seinem Bruder Wasser einflößte.

»Ich muss jetzt nach Hause, sonst kriege ich Ärger!«, sagte Johanna zu Michael.

»Ja, klar, und danke Johanna, dass du Ritschi geholfen hast. Er hat

120

einfach zu viele Probleme. Und ich weiß auch nicht, woher er das Scheißzeug bekommt. Ich muss besser auf ihn aufpassen!«

»Ja, bitte mach das«, flüsterte Johanna beim Rausgehen und schlich die Treppen hinunter.

Nach den Ferien begann Johanna wieder mit der Arbeit. Statt zu *Tailor Hoff* nach Bischmisheim zu fahren, fuhr sie nach Gürdingen. Ihr war in einem Brief mitgeteilt worden, dass die Firma *Weber* inzwischen *Tailor Hoff* gekauft hatte. Und das alles in so kurzer Zeit, dachte Johanna.

Herr Daut, ihr früherer Lehrmeister, begrüßte sie mit einem breiten Lächeln. »Na, Johanna, wie geht es dir? So schnell sieht man sich wieder, was?«

»Ja, so ist es. Ich wusste gar nicht, dass *Weber Hoff* gekauft hatte!«

»Das ist Firmenpolitik, Johanna, davon verstehen die Frauen nichts!«

Johanna funkelte ihn an.

»Hast du schon den neuesten Tratsch gehört?«

»Nein, habe ich nicht«, antwortete Johanna, »und er interessiert mich auch nicht!«

Er redete einfach weiter: »Die Webers haben Drillinge bekommen, und weißt du, wie sie heißen?«

»Nee, wie denn?«

»Himmel, Arsch und Zwirn!« Herr Daut und Johanna lachten lauthals und zogen neugierige Blicke auf sich.

»Du weißt, Johanna, dass du hier enorme Aufstiegschancen hast, du kennst den Laden ja in- und auswendig. Heute Vormittag habe ich einen Termin bei der Konzernleitung, du kannst gerne mitkommen, deine Wünsche und Vorstellungen äußern, also pack deine Chance!«, riet ihr Daut.

Es beschäftigten sie Fragen zu Betriebsklima, Arbeiterinnenschutz, Gleichberechtigung, Lärm und überwachten Pausen, aber sie hatte keine Kraft und keine Lust. Zu viel war passiert. Sie konnte die negativen Erinnerungen, traurigen Erlebnisse, Enttäuschungen und Entbehrungen nicht einfach ignorieren.

»Ich möchte mal etwas ganz anderes machen!«, vertraute sie Herrn Daut an und ließ den Termin beim Chef verstreichen.

Es wurde September, und Herbst lag in der Luft. Johanna roch es ganz intensiv. Sie fuhr jeden Tag mit dem Bus in die Firma und erledigte ihren Job gewissenhaft, obwohl ihr die Arbeit nicht gefiel. Innerlich war sie in einem Clinch, in einer Zerrissenheit – was wollte sie wirklich? Wohin gehörte sie? Johanna wusste nur, dass sie nicht mehr in dieser Fabrik arbeiten wollte. Sie fand sich für diese Art von Trott noch viel zu jung.

Verträumt sah sie aus dem Fenster und sah den Regentropfen zu, die an das große Fenster klopften und in kleinen Bächen die Scheibe hinunterliefen. Dann schweifte ihr Blick nach vorne zum Busfahrer. Dieser Mann fixierte Johanna, so dass ihr Herz plötzlich wie wild klopfte. Schüchtern senkte sie ihren Blick. Der Busfahrer suchte immer wieder Blickkontakt, und plötzlich lächelte er Johanna an. Verflixt, dachte sie, jetzt laufe ich auch noch rot an!

Kurz bevor sie aussteigen musste, blickte sie zu ihm nach vorne und schenkte ihm ein flüchtiges Lächeln.

Johanna ging in die Fabrik und erledigte ihren stupiden Job.

»Was ist dir denn über die Leber gelaufen?«, fragte Nicole in der Zehnuhrpause, »du siehst aus, als ob dir Pierre Brice persönlich begegnet wäre.«

»Ja, das ist er auch beinahe«, antwortete Johanna. »Ich habe mit einem ganz süßen Busfahrer geflirtet.«

»Wie soll das denn gehen?«, fragte Nicole. »Busfahrer müssen sich doch normalerweise auf die Straße konzentrieren.«

»Der aber konzentrierte sich auf mich«, entgegnete Johanna, »denn der sah die ganze Zeit in den Rückspiegel.«

Bevor die schrille Glocke das Ende der Pause einläutete, musterte

122

sich Johanna im Spiegel der Toilette. Sie fühlte sich unerträglich jung. Warum bloß sehe ich aus wie zwölf?, dachte Johanna bei sich. Aber insgeheim glaubte sie, dass dies so einen Busfahrer wohl nicht störte.

Punkt 17 Uhr wurde durch dieselbe Glocke das Ende des Arbeitstages eingeläutet. In der Garderobe nahm Johanna ihren Mantel aus dem Spind und schlenderte zur Haltestelle. Ihr blieb beinahe das Herz stehen, als sie beim Einsteigen feststellte, dass es der gleiche Fahrer wie am Morgen war.

Sie tauschten Blicke, und als die Endstation nicht mehr weit war und der Bus immer leerer wurde, zwinkerte ihr der Fahrer plötzlich zu.

Jetzt bin ich tatsächlich gemeint, dachte Johanna und geriet ins Schwitzen. Wiederum lächelte sie ihn an und ging nach vorne.

»Fährst du morgen früh wieder mit dem gleichen Bus?«, fragte er und blickte Johanna mit seinen großen braunen Augen an.

»Ja, ich habe es vor«, antwortete sie schüchtern.

»Das ist prima, dann sehen wir uns wieder, denn ich habe die gleiche Schicht«, antwortete er.

Johanna stieg aus und strahlte glücklich in die Abendsonne.

Am nächsten Tag begrüßte er sie mit einem freundlichen: »Guten Morgen, hast du gut geschlafen?«

Johanna war diese Frage peinlich, weil viele Leute im Bus saßen und sie anstarrten. Die konnten das bestimmt hören. »Ja, danke«, sagte sie und wollte schon nach hinten durchgehen, als der Busfahrer sie am Arm packte.

»Ich könnte dich heute Abend nach der Arbeit abholen, möchtest du auf mich warten an der Bushaltestelle?«

Johanna war so perplex, dass sie glaubte, nicht richtig verstanden zu haben. Trotzdem willigte sie ein. Sie verabredeten sich auf 17:15 Uhr.

Als es so weit war, wartete Johanna an der Haltestelle. Plötzlich kam ein weißer VW Kombi um die Ecke geschossen, drinnen saß ein gut aussehender junger Mann.

»Steig ein, schönes Fräulein«, sagte er bei herunter gelassener Fensterscheibe. »Musst du grad nach Hause, oder können wir noch was trinken gehen?«, fragte der Busfahrer.

»Ich habe Zeit bis um 19 Uhr«, antwortete Johanna. »Dann muss ich zuhause sein.«

Als sie einstieg, fiel ihr ein kleiner weißer Teddybär auf, der am Rückspiegel baumelte.

»Ich möchte kurz nach Hause fahren, um mich umzuziehen. Ist das okay für dich?«, fragte er mit einem verführerischen Lächeln im Gesicht. Der Busfahrer trug noch immer seine Uniform.

Johanna erzählte ihm von ihrem Job und dass sie vorhatte, nicht mehr allzu lange bei *Tailor Hoff* zu arbeiten. Er hörte aufmerksam zu und sah sie eigenartig an. Plötzlich fuhr er von der Straße ab, hielt bei einem Waldstück und rutschte näher zu Johanna.

Johanna spürte Panik in sich aufsteigen, das ging ihr alles zu schnell. Sie versuchte ihn etwas wegzudrücken, doch gleichzeitig presste der Busfahrer seine Lippen auf ihren Mund. Augenblicklich versank Johanna in einen Strudel von Glücksgefühlen. Es zog ihr den Boden unter den Füssen weg, sie war unfähig, sich zu wehren. Doch dann öffnete der Busfahrer den obersten Knopf ihres Mantels.

»Bitte nicht so schnell«, flüsterte Johanna, »es ist so schön.«

Er ließ von ihr ab und nestelte an seiner Hose herum. Johanna erschrak, als sie sein Glied in die Höhe schnellen sah. Der Busfahrer nahm ihren Kopf und drückte ihn gegen sein Glied. Johanna stieg ein ungekannter, scheußlicher Geruch in die Nase. Da erwachte sie aus ihren Tagträumen, und sie sagte zu ihm: »Lass uns doch fahren, damit du dich umziehen kannst, so ist es doch so unbequem!«

»Okay, gut, fahren wir nach Hause, damit ich diese blöde Uniform ausziehen kann, in Jeans fühle ich mich einfach wohler!« Er startete den Motor und brauste los. Nach zehn Minuten fuhr er etwas langsamer und sagte: »So, da wären wir, ich bin gleich wieder da.« Er parkte sein Auto am Straßenrand.

Johanna blickte sich um und sah auf dem Rücksitz Kinderspiel-

124

sachen liegen. Wie eklig, dachte sie, riss die Autotür auf und lief, so schnell sie konnte, die Straße zurück Richtung Stadt.

Für den, der bereit ist, ein Risiko einzugehen, ist jeder Tag ein Abenteuer, dachte sie bei sich und hatte das Gefühl, einem Abenteuer in letzter Minute entkommen zu sein.

10. Endlich weg von hier

Johanna wollte weg.

Einfach raus aus diesem kleinbürgerlichen Ort, wo jeder jeden kannte und man über alle Leute und Gegebenheiten tratschte. Wo man kontrolliert und eingeengt war. Wo man über alles Rechenschaft ablegen musste.

Mit ihren gerade mal 18 Jahren, ihrer abgeschlossenen Ausbildung, unzähligen Fragen, Wünschen und Träumen wusste sie nicht, wohin sie gehörte. Innerlich war sie vollkommen durcheinander. Was wollte sie wirklich? Nur eines wusste sie: dass sie nicht mehr in dieser Fabrik arbeiten wollte.

Am Monatsende kündigte sie.

Nur ein paar Tage später trat sie eine Stelle in der Stadt bei *Möller & Schah* an, einem Herrenkonfektionsgeschäft. Nun verkaufte sie Hemden mit den dazu passenden Krawatten. Schon sehr bald realisierte Johanna, dass sie nicht dazu geboren war, den Leuten etwas aufzuschwatzen. Trotzdem erledigte sie gewissenhaft ihre Arbeit und versuchte weiterhin, Klarheit in ihren Kopf zu bekommen.

Seit ihrem Lehrabschluss Ende August 1972 war sie zielloser und unglücklicher als je zuvor. Mit Irmgard diskutierte sie Abende lang, aber es half nichts. Die Freundin hatte einen tollen Job in der Stadt als kaufmännische Angestellte mit viel Eigenverantwortung. Sie war zufrieden.

»Weißt du, Johanna, dein Problem ist, dass du einfach zu lieb bist. Du wirst nur ausgenutzt, und die Menschen, die das tun, sind egoistisch und rücksichtslos. Schau doch nur mal deine sogenannten Ausbilder an! Was haben sie getan, oder eben nicht getan? Sie ließen dich wochenlang an Maschinen Akkord arbeiten. Sie waren doch nur an der fertigen Stückzahl interessiert. Und jetzt, dieser Job in der Stadt? Auch die nutzen dich aus, Überstunden und Samstage arbeiten,

126

Weihnachtstrubel. Und zuletzt deine Eltern, was bedeuten sie dir? Wie helfen sie dir?«

Irmgard hatte Recht, das sah Johanna ein.

Eines schönen Sonntags im Oktober machten Irmgard und Johanna einen ausgiebigen Spaziergang. Sie wanderten Richtung Wald über abgemähte Wiesen zu einem kleinen Lokal im nächsten Dorf.

»Ich hätte gerne eine Cola«, sagte Johanna zur Wirtin. Irmgard bestellte das gleiche.

Während sie auf die Getränke warteten, hörten sie ein Auto auf den Parkplatz fahren, das durch seinen Lärm und das abrupte Anhalten sofort auffiel. Vier Jungs stiegen aus. Sie setzten sich an den Nebentisch und bedienten sich der Brezeln, die vor ihnen auf einem Holzständer hingen.

»Wir nehmen alle ein Bier«, sagte der Dunkelhaarige und zwinkerte zu Irmgard hinüber.

»Na, Mädels, was macht ihr denn hier so ganz alleine?«, fragte der Junge mit dem blonden Lockenschopf.

»Was für eine blöde Anmache«, murmelte Johanna und drehte den Jungen ihren Rücken zu.

Die warmen Sonnenstrahlen lockten viele Menschen ins Freie, und im Nu waren alle Tische besetzt.

Johanna fiel ein Junge auf, der ruhiger war als die anderen und sie mit eigenartigem Blick anschaute. Er hatte braune Augen und blonde Haare. Sein dunkelblauer Plüschpulli steckte in lässigen Jeans. Er verzichtete auf Bier und bestellte stattdessen ein Mineralwasser.

»Ich muss noch fahren«, sagte er zu seinen Freunden, »schließlich habe ich die Verantwortung über euch und diese Kiste da drüben!« Die Kiste war ein alter hellblauer Fiat mit kaputtem Auspuff.

Dunkle Wolken zogen auf. »Es scheint sich ein Gewitter anzubahnen, wir sollten aufbrechen«, sagte Irmgard und rief die Wirtin, um die Getränke zu bezahlen.

Die Jungs taten das gleiche.

»Wir können euch ein Stückchen mitnehmen, wenn ihr wollt«, sagte der Ruhige, von dem sie inzwischen herausgefunden hatte, dass er Rudi hieß.

Johanna und Irmgard blickten sich an. »Wollen wir?«, fragte Irmgard.

»Okay, wir kommen mit, in welche Richtung fahrt ihr denn?«

»Wir bringen euch gerne nach Hause, denn gleich fängt es an zu regnen.« Damit hatte Bimbo, der blonde Lockenschopf, recht. Sie waren kaum beim Auto, da klatschten dicke Regentropfen auf die Kühlerhaube. Sie quetschen sich in das Auto, und Rudi drehte die Musik auf. *In the Summertime* von Mungo Jerry – Johanna kannte das Lied auswendig.

Sie erschrak schrecklich, als Rudi plötzlich während der Fahrt den Schaltknüppel hochhielt und damit in der Luft herumfummelte. »Wer nichts riskiert, setzt alles aufs Spiel!«, sagte er und grinste.

Johanna flehte ihn an, das Ding wieder an seinen ursprünglichen Ort zu stecken und etwas langsamer zu fahren. Inzwischen regnete es so heftig, dass sie kaum noch die Straße sahen.

»Am besten fährst du uns bis nach Hause, Rudi«, sagte Irmgard. »Es macht keinen Spaß mehr, draußen rumzulaufen.« Da die Jungs im Nachbarort wohnten, war es kein großer Umweg, über Ormheim zu fahren.

Gerade rechtzeitig zum Abendessen kam Johanna zur Türe herein. Natürlich ahnte sie, dass es jetzt wieder ein großes Theater und eine Ausfragerei geben würde. Und so kam es auch. Den Fiat hatten ihre Eltern angeblich schon gehört, als er die Straße hochfuhr. Dann hatten sie das ganze Prozedere hinter dem Vorhang stehend beobachtet.

»Was waren das für Jungen? Wo kommen die her? Wo habt ihr sie getroffen?«, wollte die Mutter wissen.

Johanna gab kurze Antworten. Überhaupt nichts Wichtiges sei passiert, was das solle, warum plötzlich so große Aufmerksamkeit? Da sie nur in zwei Sätzen antwortete und keine ausführliche Beschreibung der Ereignisse gab, wurde sie in ihr Zimmer geschickt. Die Mutter verbot ihr, am folgenden Wochenende auszugehen.

»Und die Irmgard siehst du auch ein paar Tage nicht, die bringt dich nur in schlechte Gesellschaft«, hörte Johanna ihre Mutter sagen, als sie schon fast zur Türe hinaus war.

Johanna ging in ihr Zimmer, warf sich aufs Bett und weinte fürchterlich. Was hatte sie nur getan? Wenn es nicht so geregnet hätte, wären sie schon am Dorfeingang ausgestiegen, dann hätten ihre Eltern gar nichts gemerkt. Wie sie sie hasste!

Sie legte eine Schallplatte um die andere auf und dachte an Rudi. Zum Essen ging sie hinunter, sprach aber kein Wort.

Manfred überbrachte seiner Schwester Johanna Briefe von Irmgard. Sie schrieb, dass sie sich große Sorgen machte. Und dass Rudi schon zweimal bei ihr angerufen hatte und sie, Johanna, unbedingt sprechen wolle. Doch wie sollten sie das arrangieren? Rudi und seine Clique wollten am Samstagabend auf eine Party, aber Johanna durfte nicht weg.

Sie schafften es, eine Zeit zu vereinbaren, in der Rudi anrief und Johanna kurz aus dem Haus konnte und zu Irmgard schlich. Es war bereits dunkel, und ihre Eltern guckten im Fernsehen *Einer wird gewinnen* mit Hans-Joachim Kulenkampff.

»Hallo Johanna, wie geht es dir? Ich möchte dich so gerne wiedersehen, ich kann es kaum aushalten.«

Es zog Johanna den Boden unter den Füssen weg, als ob der feste Grund sich plötzlich in Wasser verwandelt hätte.

»Rudi, es geht mir genauso, aber ich darf nicht weg von zuhause, ich habe Ausgangssperre bis nächste Woche!«

»Oje, was hast du denn Schlimmes angestellt?«, wollte Rudi wissen.

»Kann ich es dir ein andermal erzählen? Ich muss nach Hause, ehe sie merken, dass ich weg bin. Rufst du mich nächsten Mittwochabend um die gleiche Zeit wieder an, bitte?«

»Ja klar, mache ich«, sagte Rudi und legte auf.

Johanna ging rasch nach Hause, schlich die Treppe hoch und setzte sich traurig auf ihr Bett. Wieder kullerten ihr Tränen die Wangen hinunter. Sie nahm Briefpapier und begann zu schreiben, einfach um etwas tun. Sonst werde ich noch wahnsinnig, dachte sie.

Als ihre Ausgangssperre endlich vorbei war, ging Johanna vorsichtiger vor.

Sie traf Rudi heimlich und log ihre Eltern an. Von Irmgard wusste sie, dass Rudi am Samstag davor mit einem anderen Mädchen auf der Party gewesen war. Trotzdem kam er zu ihr, und sie verbrachten eine Stunde in seinem Auto, hörten Musik und schmusten. Johanna war sehr verliebt in Rudi. Er war ihre große, ganz spezielle Liebe. Die vielen Verbote, die ihr Glück überschatteten, stärkten nur die Gefühle für ihn.

Draußen wurde es kälter. Im November regnete es viel, und die beiden konnten sich nur in irgendeiner Spelunke oder in seinem Auto treffen.

»Ein Freund von mir hat am Wochenende Geburtstag. Er gibt eine riesige Fete, wir sind auch eingeladen«, sagte Rudi eines Abends, als er sie vor *Möller & Schah* abholte.

»Das ist toll, ich muss mir leider nur wieder ein Lüge überlegen und Irmgard fragen, ob sie mir ein Alibi gibt.«

»Irmgard und Bimbo sind auch eingeladen, das macht es sicher einfacher«, antwortete Rudi.

Johanna hatte inzwischen gelernt, ihre Eltern mit Lügen vollkommen zu überzeugen. Sie hatte kein schlechtes Gewissen mehr, sondern empfand nur noch puren Hass. Je mehr sie Johanna untersagten, desto mehr verloren sie ihre Tochter.

Johanna und Rudi tanzten eng umschlungen zu *the air that I breathe* von den Hollies und genossen die flüchtigen Momente. Denn mehr war es nicht, Johanna musste bereits um 20 Uhr zu Hause sein, sonst

130

gab es wieder Sanktionen. Sie fürchtete sich so sehr, zu spät nach Hause zu kommen, dass ihr die Tränen kamen.

Rudi drückte sie vorsichtig mit dem Rücken zur Wand und strich ihr durch die Haare. Wenn er jetzt weitermacht, ist mir alles egal, dachte Johanna. Alle Angst war weg.

Rudi sah sie liebevoll an und sagte: »Komm Johanna, ich fahre dich nach Hause.«

Als er mit seinem neuen schnittigen Sportwagen ein paar Häuser unterhalb parkte, um sich von Johanna zu verabschiedeten, sah sie, dass sie beobachtet wurden. Der Vorhang bewegte sich. Johannas Hass quoll über.

»Ich bin volljährig, und die können es nicht lassen, mich ständig zu kontrollieren! Tschüss, und danke fürs Heimfahren«, sagte sie zu Rudi. Wütend schlug sie die Autotür zu und rannte die Treppen hinauf. Sie winkte Rudi noch einmal zu und verschwand im Haus.

Wenn sie zu dir sagen
Heute sei alles schlechter
Als früher
Wenn sie sagen
Du sollst dich mehr um deine Mitmenschen kümmern
Wenn sie sagen
Du sollst deine Haare schneiden lassen
Wenn sie sagen
Zu ihrer Zeit hätte es das nicht gegeben
Wenn sie so etwas sagen –
Dann ist irgendwas faul!

Johanna besorgte sich bereits seit einiger Zeit Schlaftabletten. Ihrem Frauenarzt erzählte sie eine mitleiderregende Geschichte über massive Schlafstörungen, und schon verschrieb er ihr eine große Schachtel Valium. Der Hausärztin, bei der Johanna wegen Kreislaufproblemen in Behandlung war, erzählte sie dasselbe. Auch diese verschrieb ihr Schlaf- und Beruhigungstabletten. Und zuhause bediente sich Johanna aus dem Apothekerschränkchen ihrer Eltern. Bald schon hatte sie eine beträchtliche Menge an Pillen zusammen.

Der Winter hielt langsam Einzug, und obwohl es erst Ende November war, schneite es bereits heftig.

Johanna erledigte ihre Arbeit im Verkauf weiterhin gewissenhaft und freundlich. Sie wusste, dass das kein endloser Zustand war und dass sich bald etwas ändern würde.

Rudi ließ nichts mehr von sich hören. Es war ihm zu anstrengend geworden, Johanna nur über das Nachbartelefon erreichen zu können. Er erzählte Irmgard, dass ihn die ständige Beobachtung durch die eigenartigen Eltern nerve. Leider zeigten sie auch keinerlei Interesse, ihn kennenzulernen. Bei anderen Mädchen habe er es einfacher, vertraute er Irmgard an.

Johanna wusste das, und sie war unendlich aufgewühlt und traurig. Es plagten sie große Selbstzweifel, und sie begann sich aufzugeben. Selbstaufgabe führt zu Verachtung. Und von der Verachtung bis zur Wut ist es nicht mehr weit. Johanna begriff endlich, dass die Liebe ihrer Mutter auf etwas beruhte, das nur Schein war – darauf, wie sie sein sollte, und nicht, wie sie wirklich war.

An einem Freitagabend saßen Johannas Eltern und die Geschwister wie immer vor dem Fernseher.

»Bitte lasst mich morgen ausschlafen, ich habe freigenommen, ich bin sehr müde«, bat Johanna.

Eigentlich hätte sie ihrer Mutter gerne einen Gutenacht-Kuss gegeben, so wie früher, aber sie tat es nicht. In ihrem Zimmer zündete Johanna eine Kerze an und legte eine Schallplatte auf, *5 Uhr morgens* von Juliane Werding. Sie hörte das Lied immer und immer wieder. Dann legte sie sich auf die Matratze, die sie schon seit geraumer Zeit

132

direkt auf dem Boden liegen hatte, denn sie wollte nicht wie alle anderen in einem Bett schlafen.

Sie betrachtete das Glas Wasser, das neben ihr auf dem Boden stand. Dann nahm sie langsam eine Schachtel Schlaftabletten in die Hand. Sie löste die erste Tablette aus der Verpackung, dann die zweite, und danach löste sie fünf Tabletten heraus und schluckte alle auf einmal.

Johanna spürte eine angenehme Ruhe in sich aufsteigen. Sie nahm eine neue Schachtel und drückte weitere Tabletten aus der Verpackung heraus. Dazwischen trank sie einen kleinen Schluck Wasser. Als sie aufstehen wollte, um im Badezimmer neues Wasser zu holen, merkte sie, wie sie schwankte.

Das ist ja super, wie schnell die wirken, dachte sie bei sich und nahm in einem letzten Anlauf den Rest aus der Packung mit den Beruhigungspillen und den Schlaftabletten.

Ihre Gedanken kreisten um ihren Alltag. Sie fragte sich: Wofür lebe ich eigentlich? Was ist der Sinn? Warum mag mich niemand? Warum noch etwas werden, genügt es denn nicht, nur einfach Mensch zu sein? Das war ihr letzter Gedanke, bevor sie zur Seite kippte und in einem endlosen Fall das Bewusstsein verlor.

»Johanna, Johanna, wach auf, was ist geschehen?«, schrie Manfred. Er versuchte sie auf ihre Füße zu stellen, aber Johanna klappte wie ein Taschenmesser zusammen. Vorsichtig legte Manfred seine Schwester auf das Bett und holte seine Mutter zu Hilfe. Der Vater war nicht da, er arbeitete samstags.

Als ihre Mutter die vielen aufgerissenen Schachteln auf dem Boden liegen sah, realisierte sie sofort, was vorgefallen war. »Wir müssen sie ins Bad tragen und dafür sorgen, dass sie sich erbricht. Was bist du doch für eine dumme Kuh!«, schrie sie Johanna an.

Diese realisierte kaum etwas. Erst als ihre Mutter sie über den Badewannenrand legte und ihr dazu verhalf, sich zu erbrechen, blinzelte Johanna mit den Augen. Sie wurde in die Badewanne gelegt und mit dem Schlauch eiskalt abgespritzt. Ihrer Mutter stand die Fassungslosigkeit ins Gesicht geschrieben. Als Johanna das bemerkte, verspürte sie eine gewisse Befriedigung.

»Manfred, bitte bringe mir schnell eine Wolldecke und ein großes Handtuch!«, befahl die Mutter dem mit offenem Mund in der Tür stehenden Bruder. »Los, beeil dich!«

Manfred verschwand und kam gleich wieder mit den gewünschten Sachen zurück. »Sollen wir nicht versuchen, Papa anzurufen?«, fragte er leise.

»Der kommt sowieso gleich, er hatte um 14 Uhr Feierabend«, antwortete die Mutter.

Johanna schlief zwei Tage. Wenn sie kurz zu sich kam, flößte ihr die Mutter vorsichtig selber gemachte Hühnersuppe oder etwas Tee ein.

Sie konnte am Montag nicht zur Arbeit gehen. Ihr Vater kündigte ihren Job bei *Möller & Schah*.

Alles drehte sich um Johanna. Es herrschte ein großes Durcheinander. Ihre Mutter lief zu allen möglichen Ärzten und machte diese verantwortlich, weil sie einfach Medikamente verschrieben hatten.

Johanna sah ihre Familie nicht mehr. Sie versank in eine Gleichgültigkeit, allen und allem gegenüber. Sie aß kaum etwas und reagierte selbst auf ihren kleinen Bruder Dominik abweisend. Ihre Eltern registrierten all das mit großer Sorge.

»Wir müssen etwas unternehmen. Wie können wir ihr nur helfen?«, fragte der Vater.

»Ich glaube, das Beste ist, wenn wir sie fortschicken«, antwortete die Mutter.

Johannas Zustand wurde nur langsam besser. Es gab Augenblicke, da hätte sie sich am liebsten die Pulsadern aufgeschnitten, doch es fehlte ihr der Mut.

Samstagnacht wachte Johanna aus einem schlimmen Albtraum auf.

134

Wie von Geisterhand geführt, zog sie sich an und trampte nach Brebheim, denn dort war die Stammdiskothek von Rudi. Sie suchte ihn überall. Man sagte ihr, dass er mit einer Blinddarmentzündung im Krankenhaus liege.

Ein ehemaliger Arbeitskollege von der Firma *Weber*, dem Johannas Zustand bedenklich vorkam, packte sie einfach ins Auto und fuhr sie nach Hause.

»Johanna, was ist los mit dir? Du hast dich so verändert.«

Johanna antwortete nicht. Sie versuchte sich vorzustellen, was gleich zuhause passieren würde.

Als Peter sie ablieferte, war wieder mal die Hölle los. Johanna verzog sich in ihr Zimmer, denn sie war immer noch sehr schwach. Der Kollege und die Mutter diskutierten aber noch lange miteinander, hieß es am nächsten Tag.

Johanna beschloss, Rudi im Krankenhaus zu besuchen. Sie bekam von den Eltern die Erlaubnis, am nächsten Tag in die Stadt zu fahren. Natürlich konnte sie ihren Eltern nicht den wahren Grund sagen.

Johanna hatte immer noch Schwindelanfälle, ihr Gesicht war angeschwollen, besonders um die Augen. Sie bewegte sich sehr langsam und vorsichtig, setzte einen Fuß vor den anderen. Manchmal verstand sie die Sätze, die man ihr sagte, erst hinterher, wie eine Art Echo.

Sie kaufte Rudi einen großen Blumenstrauß, der sie ein Vermögen kostete. Auf dem Weg ins Krankenhaus überquerte Johanna Straßen, ohne die roten Ampeln zu beachten. Sie schaute weder nach links, noch nach rechts. Es war ihr egal, ob ein Auto kam. Wie in einem Taumel erreichte sie das Krankenhaus.

Sie setzte sich erstmal in den Gang und wartete ein wenig. Dann ging sie zum Schalter und fragte: »Wo bitte liegt Rudi Wallach? Er wurde am Blinddarm operiert.«

»Der liegt im Zimmer 310 im dritten Stock.«

»Danke«, sagte Johanna.

Sie ging zum Fahrstuhl, und gleich darauf fand sie Rudi in einem Zimmer mit noch drei anderen Männern zusammen.

»Johanna«, rief er freudig aus, »das ist aber lieb, dass du mich besuchst!«

Johanna begrüßte ihn und legte die Blumen auf den Nachttisch. Die Krankenschwester könne sie später in eine Vase stellen, sagte sie. Dann erzählte sie Rudi, was in letzter Zeit alles passiert war.

Rudi war sehr erstaunt. Seine Augen betrachteten Johanna eher wütend als verständnisvoll. »Warum hast du das nur getan, Johanna, bist du denn vollkommen durchgedreht?«

Johanna konnte nur mit Mühe ihre Tränen zurückhalten. »Ich wollte nicht mehr, ich konnte nicht mehr. Man verbot mir alles, auch den Kontakt mit dir. Heute bin ich heimlich hierher gekommen. Wenn meine Eltern das rauskriegen, dann schlagen die mich tot!«

»Ach was, so schlimm wird es doch wohl nicht sein. Was glaubst du, welchen Schreck du denen eingejagt hast? Die sind sicher auch sehr enttäuscht von dir!«

»Was heißt hier *auch?*«

»Ich habe es nicht so gemeint, Johanna. Aber schau doch mal, da hinten der Mann im Bett am Fenster, dem haben sie ein Bein amputiert. Aber du, du hast doch so schöne Beine und auch sonst alles. Warum nur hast du das gemacht?«

Johanna stand auf, wandte sich zu Rudi und sagte: »Wegen allem, auch wegen dir, weil ich dich liebe!« Ohne sich noch einmal umzudrehen, ging sie zur Tür hinaus.

Wie mein Vater mit seinen Sprüchen, dachte Johanna in ihrer Verzweiflung. Sie wollte Rudi niemals wiedersehen. Nun war ihre Welt noch leerer geworden.

Johanna wartete auf den Bus, sie fror schrecklich. Bestimmt hatte das Thermometer die Nullgradgrenze erreicht. Die Menschen hetzten an ihr vorbei, die Mützen tief ins Gesicht gezogen. In einer Ecke saß ein

Musiker, er spielte auf einer alten Gitarre. *Ich sammle Geld, um nach Nepal zu reisen*, stand auf dem Zettel vor ihm. Johanna gab ihm ihr ganzes restliches Geld.

Als sie zuhause ankam, wartete man bereits mit dem Nachtessen auf sie. Die Stimmung war gedrückt. Niemand fragte, wo sie in der Stadt gewesen sei. Die Enttäuschung stand ihrem Vaters ins Gesicht geschrieben. Johanna hatte ihn noch nie so ruhig und zurückhaltend erlebt. Er fasste sie mit Samthandschuhen an. Mit jeder Geste, jedem Wort, ob offen oder versteckt, gab er ihr das Gefühl, unzulänglich und schuldig zu sein.

Irgendwann anfangs Dezember schlug diese Haltung schlagartig um. Ihr Vater kommandierte sie herum, befahl ihr, dieses und jenes aus dem Keller zu holen und sich in der Küche nützlich zu machen. Johanna hatte immer noch Mühe, sich einigermaßen auf den Beinen zu halten, sie folgte den Anweisungen dennoch in lethargischer Weise.

An den Sonntagen holte ihr Vater sie früh aus dem Bett und befahl ihr aufzustehen, damit sie ihrer Mutter helfen konnte. Da war sie wieder, die große Ungleichheit zwischen ihren Brüdern und ihr.

Eines Tages fragte die Mutter Johanna, ob sie mit ihr ins Kino kommen möchte. Es lief *Love Story*, der 1970 neu in die Kinos gekommen war.

»Ja, das wäre toll«, antwortete Johanna. Aber insgeheim fragte sie sich, was dahinter steckte. Ihre Mutter war noch nie mit ihr ins Kino gegangen.

Eines Abends nahmen sie den Bus in die Stadt. *Love Story* spielte im *Palace*, dort war sie mit ihrem Vater in den Indianerfilmen gewesen.

Kaum hatte der Film begonnen, versank Johanna in eine eigene Welt. Unablässig machte sie sich Gedanken über die weibliche Hauptperson. Als sie starb, liefen Johanna Tränen über das Gesicht. Heimlich wischte sie sie ab. Diese Frau hat es gut!, dachte sie.

Nachdem Johanna und ihre Mutter das Kino verlassen hatten, beschlossen sie, auf der nahegelegenen Berliner Promenade ein Eis zu essen. Erinnerungen kamen Johanna in den Sinn. Wie oft war sie hier mit Uwe entlang gelaufen. Was macht er wohl?, fragte sie sich.

»Ich bestelle mir ein Schokoladeneis mit viel Sahne«, sagte ihre Mutter. Johanna wünschte sich ein gemischtes Eis. Sie blickten sich um und sahen die vielen leeren Stühle.

»Die Saison ist vorüber, wir haben Glück, dass die Eisdiele heute offen hat«, sagte Johannas Mutter.

Es dauerte nicht lange, und man servierte ihnen das Eis. Es war mit bunten Papierschirmchen verziert, dazu erhielten sie eine winzige, nutzlose Serviette.

»Möchtest du einmal weg von zuhause, in ein anderes Land?«, begann plötzlich die Mutter. »Zum Beispiel als Au-pair in die Schweiz?«

Nun verstand Johanna schlagartig, wieso dieses Vergnügungsprogramm stattfand. Die Luft um sie herum war plötzlich schwer und still geworden; es kam ihr vor, unter Wasser zu stehen. Sie war so überrascht vom Vorschlag ihrer Mutter, dass sie ihn gar nicht richtig verstand.

Wieso soll ich plötzlich an so eine lange Leine kommen, dachte sie, respektive gar keine Leine mehr haben? Sie traute sich aber nicht, dies zu fragen. »Was ist denn ein Au-pair?«, fragte sie stattdessen.

»Ein Kindermädchen, das bei der betreffenden Familie im gleichen Haushalt lebt und in der Freizeit Fremdsprachenkurse besuchen kann«, antwortete ihre Mutter.

»Aber ich kann doch keine Kinder erziehen«, entgegnete Johanna, »und spricht man dort überhaupt deutsch?«

Anscheinend hatte sich die Mutter schon informiert, denn sie konnte gut Auskunft geben. »Ich habe zuhause eine Zeitung mit verschiedenen Inseraten, da können wir mal schauen, ob etwas Passendes dabei ist.«

Johannas Mutter bezahlte, und sie gingen zur Bushaltestelle.

Noch am selben Abend nahm Johanna die Zeitung zur Hand und las die Inserate. Darin stand zum Beispiel: *Alleinerziehende Mutter mit einem vier- und sechsjährigen Jungen sucht Au-pair nach Dornach, Nähe*

138

Basel, ab Januar 1973. Bitte melden Sie sich mit Foto unter Chiffre 4212. Oder: *Junge Familie mit drei Kindern, Raum Zürich, sucht Au-pair zur Mithilfe. Möglichkeit Abendkurse zu besuchen …*

Johanna schrieb nach Dornach und bekam umgehend eine Zusage. Mit Frau Franke, der Mutter der beiden Buben, blieb sie in regelmäßigem Schriftverkehr.

Die Zeit bis zur Abreise verging sehr schnell. Johanna musste öfters das Bett hüten, weil sie immer wieder Schwindelanfälle hatte. Manchmal besuchte sie die Schwiegertochter ihrer Patin, die im gleichen Ort wohnte und war ihr behilflich bei Büroarbeiten. Diese Familie hatte eine große Gärtnerei und zwei pubertierende Töchter, für die niemand Zeit hatte. Johanna half und überwachte die Hausaufgaben. Am Abend wurde sie regelmäßig als Babysitterin engagiert. Das verdiente Geld sparte sie, um sich die Zugfahrt nach Basel zu finanzieren.

Das Jahr neigte sich dem Ende zu, und Weihnachten stand vor der Tür. Johanna begann ihre Sachen zusammenzupacken. Sie verschenkte alle ihre Bücher, Schallplatten und Kassetten. Sie hatte sich vorgenommen, nie mehr nach Hause zu kommen.

An einem kalten Januarmorgen machte sich Johanna auf den Weg zum Bahnhof. Eine kleine Reisetasche mit ihrem Gepäck trug sie um die Schulter. Sie lief hinunter ins Dorf zur Bushaltestelle, zog ihre Fahrkarte aus der Hosentasche und wartete.

Komisch, dachte sie, ich warte hier auf den Bus, wie ich es schon unzählige Male getan habe, aber heute fahre ich in eine neue Welt.

Sie zog sich den Schal etwas fester um den Hals und stieg in den halb leeren Bus.

Ritschi wartete vor dem Bahnhof auf Johanna und begleitete sie zum Bahnsteig. Er war der einzige Mensch, der verstand, warum Johanna sich das Leben hatte nehmen wollen – ihr Freund, der sie seit ihrer frühesten Kindheit kannte.

Er nannte den Titel eines Schlagers von Adamo: *Es geht eine Träne auf Reisen.*

Johanna antwortete ihm mit dem Lied von Christian Anders: *Es fährt ein Zug nach Nirgendwo.*

Sie stieg ein, winkte Ritschi zum Abschied zu und suchte sich einen Platz.

Keinen Moment lang dachte sie daran, dass sie Ritschi im Leben nie wieder sehen könnte.